徳間文庫

大江戸落語百景

いびき女房

風野真知雄

徳間書店

目次

第一席　馬も災難

一

江戸には、武士たちが乗馬の稽古をする馬場がいくつかあった。

有名なところでは、いまも地名として残る高田馬場《たかだのばば》がある。

湯島《ゆしま》には大きな桜の馬場があり、愛宕下《あたごした》や、麻布十番にもあった。

さらに、江戸の中心部である木挽町《こびきちょう》、現在の歌舞伎座の真ん前あたりにあったのが、采女《うねめ》ヶ原《はら》の馬場だった。

夏が去って秋風が立ちはじめたころの朝早く――。

この采女ヶ原の馬場に、なんとなく気合いの入らない武士が二人、馬を引いてやっ

てくると、

「よう、馬場馬之助《ばばうまのすけ》じゃないか。おぬしも稽古か」

「おう、白馬冬馬《しらうまとうま》か。こんな朝早くからおぬしも精が出るな」

互いに挨拶をかわした。

二人は同じ月島藩の藩士である。

ただし、馬場馬之助は築地《つきじ》の中屋敷、白馬冬馬は深川《ふかがわ》の下屋敷に勤務しているため、ふだん会うことはほとんどない。

「精なんか出るものか。しょうがなく出てきただけさ。おぬしのほうこそやる気満々ではないか」

馬場馬之助はうんざりした顔で言った。

「冗談はやめてくれ。誰が好んで朝っぱらから馬になんか乗りたがるものか」

「馬の稽古はしてなかったのか？」

「まったくやっておらぬ。もう、四十年近くしてなかった」

「四十年近くって、おぬしもわしといっしょで今年四十だろうが」

「そう。要するに馬なんか乗ったことがないのだ」

白馬冬馬は居直ったような口調で言った。

「そうだよな。いや、おぬしがそんなふうに正直に言ってくれたから言うが、わしも馬など乗ったことがないのだ」

「いっしょか」

「いっしょだ」

ホッとするところはあったが、それで気が楽になったというほどではない。

月島藩十八万石《ごく》の新しいあるじになった木村肥前守忠孝《きむらひぜんのかみただたか》は、参勤交代で江戸在住のあいだに、江戸藩邸に勤務する者たちを集め、馬術大会を催したいと言い出したのである。江戸藩邸といえば、桜田《さくらだ》の上屋敷だけではない。築地の中屋敷、深川の下屋敷も含まれるのだ。

「まったく、なぜ江戸で馬術大会などやらなきゃならぬのだ。誰がこんなくだらぬことを言い出したのだ？　誰か、用人あたりが焚《た》きつけたのだろう？」

と、馬場馬之助が怒って言った。

「それはわからぬ。ただ、今度の殿は、ずっと国許《くにもと》育ちだから、馬とかは得意なのだろうな」

「わしはずっと江戸在住で、国許には一度も行ったことがないけれど、やっぱり田舎なんだろう？」

「そりゃあ、もう、ド田舎だよ」

白馬冬馬は、一度だけ行ったことのある遥《はる》かな西の国を思い出して、うんざりしたように言った。

「馬とか牛に乗るくらいしか楽しみがないのだろうな」

「あとは、セミを捕って食べたり、ヘビをいじめたりな」

「だから、娯楽の少ないところで藩主を育てては駄目なのだ」

「そうだな」

「前の殿はよかった。大会などというのは、吉原《よしわら》でやった花魁《おいらん》たちとの餅つき大会くらいだろうが」

「あれは楽しかったよな」

「馬場さま。あちきの尻をこねて、どうするんですか？　なんてな。馬の尻こねて、どうしろっつうのかい！」

と、馬場馬之助は、いきなり大きな声を上げた。

「いや、落ちつけ、馬場。ほら、大きく息を吸って、吐いて。別に馬の尻をこねなくてもよいのだからな」

白馬は、急に激高した馬場の肩を叩《たた》いて、なんとかなだめすかした。

「うむ。わかった。落ちつくよ。だが、上屋敷になど、殿に苦言を呈するような気骨のある男は誰もおらぬのだろうな。渡辺だろう、林だろう、石川だろう、橋本に、田辺、どいつもこいつも上の言うことにうなずくだけの連中さ」

馬場は上屋敷の同僚の名を指折り数えながら言った。

「たしかにそうだな」

「殿。江戸で馬術大会など無粋《ぶすい》でございますぞ。江戸っ子に嫌われますし、だいいち危なくて馬なんか全力で駆けさせるのは無理でございますと、なぜ言えぬ。え？　目上の者にも苦言を呈したりできるのは、江戸では、わしらだけじゃないかな」

「まったくだな」

二人は同僚たちの気概のなさにひとしきり憤慨した。

「ところで、馬場。その馬は自分のじゃないだろう？」

白馬は、青鹿毛《あおかげ》の馬を指差して訊《き》いた。自分が連れて来たのは、少し汚れてはいるが、混じりけのない白である。

「もちろん違うさ。藩邸の隅のほうにいたんだ。馬、まだ、いたんだな。子どものころに見たきりで、もういないと思ってたんだ」

「そう。いたんだよ」

「馬ってよく見ると、変な生きものだよな」

馬場は馬の首のあたりを突っつくようにしながら言った。

「ああ、そうだな」

「犬とか猫とは違うんだ」

「大きさがな」

「大きさだけじゃないぞ。全身に毛が生えているのに、頭とか首筋とかに違う毛が生えてるだろう」

馬場は、馬のたてがみをちょっと引っ張った。

馬が、軽くひひぃーんと鳴くと、馬場は驚いて少し後ずさりした。

「そうだな」

「そのくせ、わきの下の毛はとくに長くないのだぞ」

「わきの下まで見たのかよ」

「そりゃあ、自分が上に乗るものだからざっとは見るさ。棘《とげ》なんかあったら嫌だし」

「棘はないだろう」

「だが、手と足を見てみろよ。指がないのだぞ」

「ないな」

「犬猫だって短い指はあるのに」

「そうだな」

「指、詰めたのかな?」

「それはないだろう」

「気味悪いよ、馬って。こんなのに乗るんだぜ」

「ま、ぐずぐず言っててもきりがない。とりあえず乗ってみようか」

白馬がそう言うと、

「そうだな」

馬場もうなずいた。

馬のわきに行き、馬の背に乗ろうとする。ところが、これが乗れないのである。

「あれ、この野郎、ご主人さまが乗るんだから、ひざまずいて乗りやすくしろよ」

と、馬場は偉そうに言った。

もちろん馬がそんなことをするわけがない。

「駄目だよ。その輪っかのところに足を入れて乗るんだ。その輪っか、なんといったっけかな?」

白馬は思い出せないので、わきを通った馬上の武士に訊いた。

「すまぬが、ここをなんと言ったかな?」

「あぶみだろ」

「あ、そうそう、あぶみだ。あぶみに足をかけて、こう、すうっと……おっ、おっ、おお」

と、白馬は後ろに倒れた。

「乗れぬな」

馬場は頭を抱えた。

「まいったな」

白馬も同様である。

「白馬、わしを肩車してみてくれ」

「こうか。よっこいしょっと」

「よし、そうだ。おっとっと」

しがみつくようにして、やっと乗った。

「あれ、馬の首が消えたぞ」

「おぬしが逆に乗ったんだよ」

「そうか。よいしょっと」

ぐるりと馬上で一周した。

「お前は乗せたが、わしが乗れぬではないか」

白馬が文句を言った。

「二人乗りするなら、引っ張り上げるぞ」

「いい歳《とし》こいた男が、二人乗りは駄目だろう」

「だよな」

「馬をこっちに寄せろ。引っ張ってやるから」

「こうか。よいしょっと」

どうにか二人、それぞれの馬に乗った。

「おう、馬上は高いな」

「高いんだよ。なんだか、世の中を上から見下ろす気分になるだろう」

「慣れると気持ちよさそうだ」

二人は馬場をぱっかりぱっかりと歩き出した。

二

そのとき——。

一頭の馬が、凄《すご》い勢いで二人のわきを駆け抜けた。

「おっと、危ないな」

「なんだ、あれは」

「まったく、ああいう馬鹿がいるから、江戸で事故が起きるのだ」

しばらく行くと、その武士は引き返してきた。そればかりか、

「よう、昔、上屋敷にいた馬場と白馬じゃないか」

と、親しげに声をかけてきた。

「え？」

馬場は、こいつ誰だっけという顔で白馬を見た。

「わしだ。十五のとき、国許に行った隼《はやぶさ》だ。隼竜之進《たつのしん》だ」

「ああ、隼か」

白馬が先に思い出した。

「おぬし、変わったな」

と、馬場が言った。

「そうか？」

「ああ、ずいぶん颯爽《さっそう》としたではないか。江戸にいるときは、もっと、こう、江戸ふうに屈折して、うじうじして、皮肉っぽくて、要するにわしらと似たような男だったんじゃないか？」

「あっはっは。そうだな。だが、国許に行き、毎日、野山を駆け回ったり、馬を乗り回したりしているうち、江戸の暮らしが嫌になってな。まるで目が覚めたみたいに、わしは変わったのだ」

隼竜之進は、爽やかな笑顔を見せた。気のせいか、歯までずいぶん白くなったように見える。

「はあ」

「ほんと、変わったな」

二人はあっ気に取られている。

「いいぞ、国許は。自然に満ちていて。野山を思い切り駆け回ったりすると、最高の気分だぞ」

「わしは遠慮しておく」

馬場が顔をしかめ、

「わしもだ」

白馬も慌てて手を横に振った。

「今度の馬術大会もわしが殿に進言したのさ」

「おぬしか」

「なんでまた」

「江戸詰めの藩士はたるみ過ぎだ。わしは自分が江戸にいたころを振り返っても、つくづくそう思った。やはり、江戸の藩士も、国許と同じように、弓馬の道に励むべきだろうと思ったのさ」

「思うなよ、そんなこと」

「馬鹿か、こいつ」

二人は小さな声で言った。

「馬場、白馬。おぬしたちは、二人とも馬に縁のある名前だ。しかも、二人とも馬も驚く馬づらだ。あっはっは」

「大きなお世話だよな」

「気にしてること言うな」

二人は小声で言った。

「そういえば、昔、わしら二人で、こいつの顔の丸いのをからかわなかったか。団子とか言って?」

「からかった。こいつ、仕返しするつもりじゃねえだろうな」

二人はだんだん不安になってきた。

「今度の殿は、午年《うまどし》の午の刻生まれであるため、馬にはたいそう愛着をお持ちなのだ」

隼竜之進は、自慢げに言った。

「持つなよ、そんなもの」

「なんか嫌な雰囲気になってきたな」

「それで今度の大会では、おぬしたちは最後を飾る駆けくらべに出場することになるだろう。わしもそれは進言しておいてやった。なにせ、殿に進言できるほどの気概を持つ藩士は少ないのでな」

「余計なことを」

「いらないよ、そんな気概は」

「頑張っていいところを見せれば、加増のお声もかかるかもしれぬ。ぜひ、励むべきだ」

「加増？　加増があるってことは、減俸もあるってことか？」

馬場が不安そうに訊いた。

「それはまあ、そういうこともあるだろうな。だが、悪いほうに考えるな。いいところを見せて、どぉーんと出世だ。頑張れよ」

隼竜之進は、颯爽と駆け去って行った。

馬場と白馬は、隼の後ろ姿を憎々しげに見送り、

「おい、わしは五十石だぞ。食うのがやっとなんだ」

「わしだって五十五石だ。ほとんど変わらないさ」

「まいったなあ。復讐《ふくしゅう》だよな」

「昔のいじめのな」

「団子なんて言い出したのはお前だったぞ」

「わしじゃない。わしはお日さまのように丸いなと言ったんだ」

「嘘《うそ》つけ」

しまいには罪のなすり合いになっていった。

三

「どうも、初めまして」

「ああ、どうも」

二頭は互いに頭を下げた。

「おらは中屋敷にいます青といいます」

「下屋敷の白でございます」

並んで歩きながら、あらためて初対面の挨拶をした。背中にはそれぞれ馬場馬之助と白馬冬馬を乗せている。

二頭とも内気な馬で、ふだんはほとんど挨拶などしない。だが、そうも言っていられない気分になったらしい。

「どうも参りましたな」

「参りましたよ」

「こんな人たちを乗せることになるなんて、馬も災難ですよ」

青はうんざりした顔で言った。

「まったくですね」

白もかすかに眉をひそめた。

「馬って気味が悪いとか言ってましたよね？」

「言ってました。あんたが乗せてるほうの人ですよ」

「わきの下の毛は長くないなどと」

「手足の指がないとも言ってましたぞ」

「うん。詰めたのかなですと。やくざがしくじったわけじゃあるまいし、指なんか詰めませんよね」

「ほんと、大丈夫ですかね」

白は歩きながらため息をついた。

「心配のあまり白髪になりましたか？」

青は白のほうをちらっと見て、冗談を言った。青は本来、陽気な性格で、冗談を言うのも大好きなのである。

「これは生まれつき。あんたこそ、顔色、悪いですよ」

白もにやりと笑ってやり返した。

「歳はおいくつですか？」

青が訊いた。

「四歳です」

「おらもいっしょですよ」

四歳といえば、馬がいちばん速いときである。本当なら、腕のいい乗り手を背中に、馬場を疾駆したいくらいである。

それが気合いをかけるでもなく、鞭《むち》をくれるでもなく、人が歩くよりもさらに遅い速度で、のろのろと歩かされている。

「白さんよ。大会では、おらたちも頑張らないとまずいでしょう」

「餌、減らされますかね」

「餌だけですめばいいですよ」

「おい、嫌なこと言わないでくださいよ」

「馬刺ってうまいらしいですよ」

「勘弁してくださいよ」

「精もつくらしいです」

「食うほうはでしょう」

「どうしましょうか?」

「そりゃあ必死で走るしかないでしょう」

「走るのはいいけど、落ちますよ、この人たちは」

「そうですよね」

「落ちたら落ちたで、おらたちのことを逆恨みしたりするんですよね。こういうひねくれた人たちは」

「まいりましたな」

「白さん。どうせなら、逆恨みもできないくらい怪我《けが》してもらいましょうよ」

青はふいにキッという眼差《まなざ》しで前方を見て言った。

「そうですね。それしかないですね」

白も大きくうなずいた。

「では、当日はお互い必死で走りましょう」

馬たちの相談はまとまった。

四

そして、馬術大会の日がやって来た。

馬場を借り切るのは費用がたいへんだというので、深川の下屋敷に近い田んぼの畦《あぜ》道《みち》を借りて、ここをぐるぐる回ることにした。

青空の下、次第に色づき出した稲の波がなびくそばを、馬たちが駆けめぐる。ひづめの音に、とんぼやバッタも飛びかう。そうした景色に、殿さまものんびりした田舎暮らしが思い出されて、いい気分らしい。

ただ、肝心の馬術のほうはひどいものである。

馬場馬之助や白馬冬馬だけではない。江戸詰めの武士は誰もが馬になど乗っていなかったから、落馬続出である。

「あ、隼、また落ちたぞ」

と、殿さまが指差した。

「落ちましたな」

「荷物のように落ちるのだな」

「踏ん張りが利いていないからでしょう」

「あれではしばらく痛くて動けぬだろうな」

「まあ、武士の習いに身を入れて来なかった天罰と言うべきでしょう」

「あ、また、落ちた」

「あっはっは、また、いまの落ちっぷりはひときわぶざまじゃのう」

「目を覆うばかりですな」

だが、殿さまのほうだって、江戸詰めの武士が馬に乗りつけていないのは先刻、承知している。たまには発破《はっぱ》をかけてやれ、というくらいの気持ちで隼の申し出を了承したのであり、もともと期待などしていない。

「いま、どぼんと音がしなかったか？」

「そんな音がしましたな」

「あそこは畑になっているあたりだ。肥溜《こえだ》めではないのか？」

「ちと、見てまいりましょう」

隼はすぐに駆けて行き、鼻をつまみながらもどって来た。

「殿、やはり肥溜めに落ちておりました」

「弱ったやつだな。あ、こっちに来させるな。もう、帰れと言え。上屋敷ではなく、下屋敷で三日ほど過ごしてから、上屋敷に来いとな」

大笑いをするうち、大会もどうにか進み、いよいよ最後の演目となった。

「殿。お楽しみの最後の駆けくらべでございます」

「うむ。やはり駆けくらべはいちばん面白いからな。下手《へた》は下手なりに手に汗を握ったりするものだ」

「御意」

「選《え》りすぐりの下手糞《へたくそ》を集めたのだろうな?」

「それはもう、ひどいものです」

隼も楽しみである。

なにせ藩士のなかから格別に乗馬の下手な連中を選んである。

いったい、どれだけぶざまなところを見せてくれるのだろう。

「八頭立てか」

「はい。いずれも下手な乗り手にございますが、青鹿毛の馬に乗っておりますのが馬場馬之助、白馬に乗っておりますのが白馬冬馬。この二人はまず、馬の前後もわからぬほどひどい乗り手です」

「それは楽しみじゃ」

八頭が並び、

「用意、走れ！」

の号令とともに駆け出した——と言いたいが、じっさいは後ろにいた係の武士たちが、馬の尻に鞭をくれて駆け出させた。

いきなり凄い速さで駆けたものだから、乗り手はすぐにごろんごろんと転がり落ちる。向こう正面に行く前で、すでに人の乗った馬は二頭しかいない。

「あっはっは、これはまたひどいのう。おや、二人がまだ頑張っておるな」

「はい。なんと、あれは馬場馬之助と白馬冬馬ですな」

「そなたの予想ではいちばん先に落ちるのではなかったか？」

「はい。ははあ、あの恰好《かっこう》は、わかりました。あの二人、たすきがけをするふりをしながら、それで馬の鞍《くら》に身体《からだ》を縛りつけているのでございます」

「なるほど。考えたではないか」

と、殿は感心した。

だが、乗っているほうは必死である。

「白馬。鞍に縛りつける策は成功だったようだな」

「だから言ったではないか」

「だが、勢いがありすぎて身体がだんだんのけぞるようになってきたぞ」

「わしもそうなんだ。おっとっと、これはまずい」

「ほんとだ。こら、青、もっとのろくせよ。もう誰もついてきておらぬぞ」

「白。お前もだ。速度を落とせ」

二人は叫ぶが、青も白も馬刺にはなりたくないから必死である。

ますます速度が上がった。

「おっとっとっとぉ」

後ろにのけぞるどころか、馬場馬之助は、馬の背中に仰向《あおむ》けに横になるようなかたちになった。なまじ、たすきで縛ってあるから、転がり落ちることもできない。

ただでさえ恐ろしいのに、寝たまま走っているのだから、その恐怖たるや、ただごとではない。

「助けてくれ！」

と叫ぶうちに、顎が外れてしまった。

「あわわ、あわわわ」

もう、なにがなんだかわからない。

これは白馬冬馬も同じだった。

二人は凄い速度で殿さまが見ている到着地点を駆け抜けた。

「よくやった。馬場馬之助、白馬冬馬。二人を馬ともども連れて参れ」

殿さまが隼竜之進に命じた。

「ははっ、ただいま」

隼が馬上で気を失っていた二人の頬《ほお》を叩いて目を覚まさせ、たすきを外して馬から下ろした。

「殿がそなたたちの健闘を称《たた》えておられる。さあ、こちらに来て、ご挨拶申し上げよ」

隼が二人を馬たちともども、殿さまの前に押し出した。

「あわ、あわわ」

「あわわわ」

二人とも、地べたに這《は》いつくばり、挨拶をしようと必死である。

しかし、どうにも言葉がはっきりしない。

「なんだ、なにを申しているのかわからぬぞ」

殿さまは首をかしげた。

「どうやら、二人とも、恐ろしさのあまり、顎が外れたようでございますな」

隼がわきから弁明した。

「顎が外れただと。あの速度と恰好じゃ、さぞや恐ろしかったのだろうな。どれ、馬場馬之助、白馬冬馬。二人ともおもてを上げいっ」

殿さまの声で二人とも顔を上げると、もともと長い二人の顔は、顎が外れてさらにだらぁーりと長くなっている。

殿さまは目を丸くして言った。

「おお、ほんとだ。凄いのう。馬のほうが丸顔どころか、つぶれて見えるわ」

第二席　いびき女房

一

家に帰る途中の橋の上で、辰五郎《たつごろう》は近所に住む幼なじみの平太《へいた》と会った。

「よっ、辰五郎。この果報者。可愛い嫁をもらいやがって」

「ん、ああ、どうも」

疲れたような笑みである。

半月ほど前。大工の辰五郎は、知り合いの口利きで嫁をもらった。

辰五郎は二十八、嫁のおたまは十八。

とんでもなく可愛い嫁が来たというので、隣の町内からも見物人が来たほどだった。

平太も噂《うわさ》を聞いて、すぐに見物に来ていた口である。

「なんだ、なんだ、その面《つら》は。寝不足か」

「それが毎晩、眠れないんだよ」

「女房が可愛過ぎてか。ああ、もう、張り倒すぞ」

と言って、平太はほんとうに辰五郎の頭を張った。

「痛いなあ。違うんだ。じつは、女房のいびきが凄《すご》いんだよ」

「いびきが凄い？　あの、おたまちゃんが？」

「そう」

「おたまちゃん、いびき、かかないだろう。あんな可愛い子は、いびきだのおならだのはしないはずだぞ」

「おならは聞いたことないが、いびきはかくんだよ」

「いびきくらいなんだよ。金蔵《きんぞう》の嫁はろくろっ首だぞ」

「ああ、聞いたよ」

「喜三郎《きさぶろう》の嫁は七十三だ」

「うん。五十も年上なんだってな」

「又助《またすけ》の嫁なんか、メスの猿だ」

「あれ、嫁じゃないだろ。ただ飼ってるだけだよ」

「いや、嫁だと紹介されたぞ」

「ほんとかよ」

「あいつらのことを考えろよ。おまえはあんな可愛い人間の女を嫁にしたんだ。いびきぐらい我慢しろ」

平太は諭すように言った。

「おいらも、そう思ったよ。ところが、我慢の限界を超えるんだ。誰もあんないびきは聞いたことがないと思う。うるさくて、一睡もできないんだぞ」

「そんなに？」

「まともに聞いていると、怖くなってくるんだ。獣が吠《ほ》えているみたいだし、あるいは嵐の晩に断崖絶壁の上に立つとあんな音がするのかもしれねえ」

「そりゃあ凄いな」

平太は手を叩《たた》きながら笑った。

「お前、喜んでいないか？」

「いや、喜んではいないけどさ、あんな可愛い子を嫁にもらって、幸せいっぱいの暮らしを送っているのかと思っていたから、いびきがうるさくて、毎晩、一睡もできないだなんて……うふふ」

「喜んでるだろうが」

辰五郎はむっとした。

それでも、こうして話を聞いてくれる幼なじみはありがたい。この数日は、誰にも言えず、本当に悩んでいたのである。

「おたまちゃんは知らないのか？」

平太が訊《き》いた。

「まったく知らないよ」

「言ってみたらどうだ？」

「言いにくいんだ、それが。言って、治るものなら言うさ。でも、いびきなんて、自分じゃどうにもできないものだろうよ」

「そうだな」

「いたらないところがあれば、遠慮なく言ってくれとは言われてるんだけど、言えないよな、そんなことは」

「たしかに言いにくいのはわかるな」

「しかも、もしそんなことを言えば、いびきをかくのが嫌で、夜も眠らなくなるかもしれねえよ」

「ああ、あの子ならそうなるかもな」

平太はうなずいた。

とにかく他人には気を使う性格で、自分が迷惑をかけているなどと知ったら、どれだけ傷つくか。

「当人は知らなくても、仲人も知らなかったのかな。ふつう、そういうことならそっと言うだろうよ」

平太は首をかしげた。

「いや、仲人のほうは知っていたな。いま思うと、それらしいことは言ってたんだ。ただ、おいらがおたまの可愛らしさに目が眩《くら》んで、仲人の言うことなど、耳に入ってなかったんだ」

「なんて言ってたんだ？」

「歳《とし》を取って、耳が遠くなったら、気にならなくなるかもしれないとか。いと、びと、きのつくことに悩まされるかもしれないとか」

「それ、けっこうちゃんと言ってるよ」

「そうだよな」

だが、辰五郎はいまさら仲人を責めるつもりはない。

それに、もっとはっきり紙に書いて告げられていても、あのおたまを連れて来られてしまったら、いびきのことなどどうでもよくなっていたに違いない。

「鼻をつまむと止まるって言うよな」

平太が言った。

「やってみたさ。止まらないよ。もっとひどくなった」

「口も押さえたら?」

「死ぬだろうが」

「へそで息するかもしれない」

「それじゃ化け物だろうが」

「じゃあ、耳栓でもしなよ」

「したよ」

「駄目なのか？」

「耳栓が中で割れたよ。危なくてしゃあねえや」

「そういえば、耳から血が垂れてるな」

平太は薄気味悪そうに辰五郎の耳を見た。

「しかも、いまや被害をこうむっているのはおいらだけじゃねえ。長屋中に響き渡っているらしいんだ」

「そんなに？」

「昨日は隣のおかみさんがおいらを井戸端に呼んで、子どもは夜中に起きちまうし、鳶《とび》の亭主は眠れないまま鳶の仕事に行くので、屋根から落ちやしないかと、心配でたまらないって」

「そりゃあ居たたまれないなあ」

「今朝は大家も来て、三丁目の佐平店《さへいだな》に空き家があるぞって」

「出てけってことか」

「とにかく、なんとかしなくちゃ、あそこにはいられなくなっちまうよ」

辰五郎は、憂鬱そうに川の流れを見下ろしながら言った。

二

「そんなにひどいいびきは病気だよ。まずは、医者に診てもらったほうがいい」

平太はそう言った。

「なるほど、病気か」

「おれ、いい医者を知っているぜ。お茶の水に住んでいる富士《ふじ》一心堂《いっしんどう》熟読《じゅくどく》潜行斎《せんこうさい》先生というお方だ」

「なんだか戒名みたいな名前だなあ」

辰五郎は不安を覚えた。

そういう医者は、診察代もべらぼうなのではないか。

「戒名も医者の名前も、長いほど立派なのだ。先生は、そこらの金だけが目当ての医者とは大違いだ。漢方に加え、蘭方も学び、万が一、患者を死なせたときには、葬式のいっさいを引き受けるという名医だ」

「葬式までやるってところはなんか嫌だな」

「馬鹿言え。先生が診たら、死人が生き返ったことだってあるくらいだ」

「それ、医者じゃなくて、妖術使いだろうよ」

「とにかくおれがいままでかかった中では、いちばんの名医だ」

「お前、病気なんかしないだろうよ」

「一度、小指の爪が剝がれてそのときに」

「それだけかよ。大丈夫かなあ」

「ぜったい大丈夫だ。なにせ、先生のお歳は百一歳」

「百一歳！」

「自分の歳が、名医の証明にもなっているだろ」

「たしかに」

「先生は子どものときから丈夫で、医者にかかったことがない」

「なんだよ。訳わかんねえぞ」

とにかく平太の伝手《つて》で、その富士一心堂熟読潜行斎先生に往診を頼んだ。

おたまの症状を診るためには、眠っていないとわからない。夜になるのを待った。

おたまは、今晩も夕餉《ゆうげ》を食べ終わると、いそいそと布団を敷き、

「お前さん、もう、寝ましょうよ」

「いや、おいらはまだやることがあるから、先にお寝《やす》み」

「あら、そうなの」

おたまはすこしがっかりした顔をしたが、すぐに、
ぐぉーっ、ぐぉーっ。

と、いびきをかきはじめた。

ちょうどそのころ、富士一心堂熟読潜行斎先生も、往診にやって来た。今年十六になった、弟子の小珍斎《しょうちんさい》を連れている。

長屋の路地を入るとすぐ、

「小珍斎。わしはなんだか頭が割れるような感じがしてきたぞ」

頭を押さえながら先生は言った。

「なにか、嫌な音がしていますね」

「音というより、激しい震動だ。こうして押さえていないと、頭蓋骨にヒビが入りそうだ。小珍斎、いま、地震は起きてないか?」

「とくに揺れてはいません」

「ううむ。なにかいまだかつて遭遇したことのないような、危険なものが待ち構えている気がする」

「たしかに」

「世界の終わりが近いかもしれない」

「恐いです」

「患者のことは聞いているか？」

「若い女の人だとか」

「女と言ったか？　メスと言わなかったか？」

「人間じゃないという意味ですか？」

「これが声に聞こえるか？」

「いいえ」

　小珍斎は耳を澄まし、不安げに首を横に振った。

「帰るか、小珍斎」

「帰りましょう」

二人はくるりと踵《きびす》を返した。

だが、先生の到着はまだかと、ちょうど外に出て来た辰五郎が、後ろ姿を見つけて駆け寄った。

「お待ちください。富士一心堂熟読潜行斎先生ではありませんか」

「いや、ちと気分がすぐれないので、今宵《こよい》は帰ろうかと思っていた」

「ご気分が？」

「もしかして、いま、患者が吠えているか？」

「吠えているのではありません。いびきなんです」

「いびき？　あれが？」

「あんまりひどいいびきなので、可哀《かわい》そうです。どうにか治してもらいたいのです」

「驚いたなあ。メスだって？」

「人間の女ですよ」

「一匹？」

「一人だけです」

「牙が生えてたりするだろう？　わしゃ、怖いよ。百歳を過ぎて、こんなに怖い思いをするとは思わなかった」

「そんなことをおっしゃらずに診てやってください。当人はなにも知らず、無邪気な顔で寝ているのですから」

辰五郎は先生の足元にすがりつき、必死で頼み込んだ。

「わかった。しょうがない。わしも名医と言われる医者だ。診ようではないか。小珍斎、よいな？」

「は、はい」

「まず、お前が入れ」

「いえ、先生が」

押し問答をはじめたので、辰五郎が二人の背中をどんと突いた。

「うわっ」

転がるように家の中に入ると、いびきの音が渦を巻いている。

ぐぉーっ、ぐぉーっ。

目には見えないが、魔物のようなものが暴れている。肌がぴりぴりし、首筋に寒けが這う。

「うわっ」

先生は水の中でもがくように両手を振り回す。

「こ、これがいびきなのか？」

「そうです。おいらはいつも、この音の中で横になっているのです」

「これでは眠れぬだろう？」

「眠れません。ただ、ときどき気を失いますので、それで眠ったかわりに」

「ううむ。それは身体《からだ》に悪いな」

それでも先生は、おたまに近づき、正面から寝ている顔を見た。とてもこんないびきをかいているようには見えない、可愛らしい顔である。

「だ、い、じょ、う、ぶ、で、す、か？」

辰五郎が訊いた。一音ずつ区切らないと、うるさくて聞こえないのだ。

「だ、い、じょ、う、ぶ、な、わ、け、な、い、だ、ろ、う」

それでも先生は、おたまの鼻をつまんで口の中をのぞいたり、舌を見たり、脈を取ったりした。

一通り診終わって、外へ出た。

先生は、耳に詰まった水でも取るように、首を傾け、手のひらで頭を叩いた。

「まだ、いびきのカスが詰まっている感じがする」

「いびきのカスなんてあるんですか」

「ないけど、それにしても、いやあ、凄いね」

先生はよほど疲れたらしく、長屋の壁に寄りかかった。

「ええ。それで、どうでしょう？」

「あれに効く薬はないな」

先生はきっぱりと言った。小珍斎も後ろでうなずいた。

「ないですか」

「あんたの女房は昔、天狗《てんぐ》にさらわれたことがあるんじゃないかな」

「天狗に？」

「天狗の団扇《うちわ》があああいう音を立てると聞いたことがある。だから、天狗の団扇で顔をあおがれたりしたことがあって、あんな音が出るようになってしまったのではないかな」

「まいったなあ。なんとかしてくださいよ、先生」

「こればっかりは無理だな。わしは、おざなりなことを言って、だらだらと診察代をもらったりはしない。駄目なものは駄目とはっきり言う。あのいびきは治らない」

先生はそう言って、代金も受け取らず、小走りに帰って行ってしまった。

三

翌朝――。

辰五郎は一睡もできないまま井戸端で顔を洗い、朝飯を食べるのでおたまの前に座った。おたまは充分に寝足りたらしく、さっぱりした顔で給仕をしてくれる。

「ねえ、お前さん」

「なんだい？」

「あたし、昨夜《ゆうべ》、変な夢を見たの」

「変な夢？」

「お医者さんに診られている夢」

辰五郎はどきりとした。医者が来たと言えば、あたしはどこか病気なのか、はっきり伝えてくれなどと迫られるだろう。

辰五郎には、とてもとぼけることなどできない。

「へえ。そんな夢を見るなんて、どこか具合でも悪いのかな」

「ううん。どこも悪くない。元気よ」

「そういえば……」

と、辰五郎は口ごもった。

「なに、どうしたの？」

「昨日、おいらの友だちに相談されたんだっけ」

「どんな？」

「女房のいびきがあまりにもひどいので悩んでいるやづがいるんだって」

辰五郎は、気づかれるのではないかと、冷や冷やしながら言った。

だが、おたまの悩みは、おたま自身に解決してもらうのがいちばんではないか。

「いびきが？」

「そう。うるさくて眠れないらしい」

「まあ、可哀そう」

「どうしたらいいんだろうな」

「鼻つまむと治るって聞いたわ」

「もっとひどくなるんだってさ」

「口もふさいだら？」

「死んじゃうだろ」

「へそで息するかもよ」

そう言って、おたまは無邪気に笑った。辰五郎は、なんだか痛ましい気持ちになって、おたまを抱きしめたくなったほどだった。

「そうだ、耳栓して寝たらいいんじゃない？」

「耳栓が耳の中で割れて怪我《けが》するんだって」

「危ないね」

「そうなんだ。だから、もう手の打ちようがなくて、そいつも悩んでいるんだよ」

「そりゃあ大変ねえ。でも、そういうのって、まるで違うほうから考えてみるといいんじゃないの？」

「どういうこと？」

「だから、そんなに珍しいものなら、逆に商売にできないものかなとか」

「商売に？」

おたまはとんでもないことを言い出したものである。それは辰五郎も思ってもみなかった。

「うん。商売になるんだったら、その人はそれを商売にして、夜、働くわけ」

「うん、うん」

「それで、昼間、女房が起きているときに、ぐっすり眠ればいいんじゃないの？」

「ほんとだ」

辰五郎は思わず膝を打ったが、

「でも、どんな商売になるんだよ」

「それは知恵をしぼってみないとわからないわ」

「なんとか、そいつに教えてあげたいな。おたま、考えてくれよ」

「そうね。まずは、やってみればいいのよ。いびきをかくお嫁さんを荷車に載せて、ずうっと夜道を歩いてみるの。それを欲しがる人がいれば、かならず近づいて来るわ。それで、どんな商売ができるか、訊けばいいのよ」

おたまはたいしたものである。

「なるほど」

四

夜、おたまは寝入った。

辰五郎はそのおたまをそっと抱き上げ、用意しておいた荷車に載せた。まさか、おたまは自分の名案が自分のこととなって実行されているとは、文字通り夢にも思っていないだろう。無邪気な、だが凄《すさ》まじい高いびきで熟睡している。

辰五郎はその荷車を引いて、夜の江戸の町へと繰り出した。

江戸の夜は静かである。そこへ、おたまのいびきが響き渡る。

「なんだい、あれは?」

「凄い音がしてるぜ」

通りかかる人は近くには寄らず、荷車の荷物をのぞくようにする。

「暗くてわからねえが、なんか乗ってるな」

「生きものだろうが、犬や猫とは違うな」

「狼《おおかみ》か？」

「狼より凄いよ」

「虎か？」

「虎、もしくは駱駝《らくだ》だな」

あまりの音の凄まじさに、吉原《よしわら》帰りの遊び人も、火の用心を告げる木戸番の番太郎《ばんたろう》も、近づいては来ない。

ちょうど、そのころ。

辰五郎は気づいていないが、一町《ちょう》ほど向こうから浪人者が近づいて来ていた。月代《さかやき》は剃《そ》らず、髪はぼうぼう。いかにも疲れ果てた風体《ふうてい》で、気持ちもすさんでいるらしい。

「ああ、面白くねえ。くそっ。こうなりゃ、誰かをぶった斬って、憂さ晴らしでもするしかないか。うぉーっ」

と、吠えた。

通りかかる人も、この迫力には恐れをなし、十間《けん》より近くには寄ろうともしない。

「なんで逃げる。わしの迫力に恐れをなしたか。そうだろうな。わしのこの異様な迫力が災いし、わしは藩を追われたのだ。戦国の世ならともかく、この平和な世に、そなたのような迫力ある武士はむしろ邪魔者とな。うぉーっ」

浪人者は吠え、刀を振り回した。

「あっはっは。どいつもこいつも臆病者よ」

だが、その浪人者がふと、足を止めた。

「む？　なんだ、この気配は？」

闇に目を凝らした。

向こうから近づいて来るものがある。

「なんだ、この音は？　こんな音は、いままで聞いたことがないぞ」

浪人者は叫ぶのをやめ、近づいて来るものを待った。

「これは、唸《うな》り声ではないか。しかも、有り余る力を抑えようとしても、どうしても湧き出てしまう、奔流のようなものではないか」

浪人者は青眼《せいがん》に構えた。

だが、足に震えが来るのを抑えることはできない。

「こ、こっちに来ないでくれ。よ、寄らば斬るぞ」

どうやら、そのものは家来に荷車を引かせ、その台の上で横になっているらしい。

「横になっていても、あの迫力だ。あれが立ち上がり、刀を構えでもしたら……」

浪人者はいきなり踵を返し、

「わしが悪かった。助けてくれ」

と、一目散に逃げ出して行った。

辰五郎のほうは、なにが起きたかもわからない。

ただ、前のほうにいた武士らしき男が、急に走っていなくなっただけである。

「うーん。誰も声をかけてくれないなあ。やっぱり、いびきが商売になるなんてことはあるわけないよな」

日本橋《にほんばし》を北へ渡った。

このあたり、昼間に来ると、行き交う荷車や人波でごうごうというくらいやかましい。だが、いまはひっそり静まり返っている。

「ちょいと、お前さん」

横のほうから声がかかった。

「はい。なんでしょうか？」

「凄い音だね。ケダモノでも運んでいるのかい？」

提灯《ちょうちん》を手にした男は、いかにも品のいい羽織を着て、大店《おおだな》のあるじといったおもむきである。

「いいえ、じつはおいらの女房なんです。こんないびきなもんで、毎日、まったく眠れないんですよ」

「そりゃあ、その音がしてたら、眠れないよ。鼻をつまんだりはしたかい？」

「はい。鼻をつまめば、もっと大きくなるし、口も押さえたら死んでしまうし、耳栓をしたら割れて耳から血が出るし、医者に診せてもぜったい治せないと言われるし」

話しながら涙が出てきた。

「それで、当人のこととは言わずに、こいつに相談したんです。友だちの女房がいびきをかくので、どうしたらいいかとね。すると、こいつは、悪いものと決めつけずに、なにか商売の役に立つ方法を考えたらどうかと言うんです」

「商売の？」

男は興味津々という顔になった。

「でも、いびきが役に立つ商売なんか思いつかないとそう言ったら、荷車に載せて引いて歩けば、きっと誰かが近づいてくる。すると、いびきがなにかの役に立つとわかるかもしれないとね」

「なるほど。賢い女房だね」

「ええ、まあ」

「役に立つよ」

男は言った。

「立ちますか？」

「立ちますよ。あたしは、そこで呉服屋をしている男ですがね」

男は後ろを向いて、指を差した。

そこは室町《むろまち》。そして、室町の呉服屋と言えば、江戸随一の大店〈越後屋《えちごや》〉ではないか。

「え、越後屋さんじゃないですか」

「そう。あたしはあるじの三井清左衛門《みついせいざえもん》といいます」

「へえ」

江戸いちばんの大店のあるじが意外に腰が低いのに驚いてしまう。

「さっき、浪人者が駆け出して逃げて行ったのを見なかったかい？」

「ああ、見ました」

「あれは、このいびきが怖くなって逃げたのさ。それくらい迫力があるんだよ」

「たしかに迫力はあります」

「だから、この人を泥棒除《よ》けにするのさ。店の中で寝てもらってみなよ。この音がしていたら、寝ているなんて思わない。虎だか獅子《しし》だか知らないが、とんでもない猛獣を飼っているに違いないと思って、ぜったい入らないよ」

「ははあ」

「だから、用心棒代わりで、毎晩、うちに来て寝てもらう。月に一両。どうだい？」

「月に一両！」

下手《へた》すりゃ辰五郎の稼ぎを上回ってしまう。

辰五郎は昼間寝て、夜はおたまをここに連れてくればいい。

「そうしましょう」

手を打ったとき、

「あれ、お前さん。ここは、どこだい？」

おたまが目を覚ました。

「ここは日本橋だ」

おたまはまだ眠そうに目をこすって言った。

「日本橋？　江戸のど真ん中じゃないか。どうりで、夢の中でごうごうとうるさい音がしてたはずだよ」

第三席　がまん六兵衛

一

長屋の路地の出口で、住人の八五郎《はちごろう》が怒ったような顔をしていた。

これから日が昇るにつれ、どんどん暑くなっていきそうな、夏の朝である。

「よう、八っつぁん。どうした？　機嫌が悪そうだな？」

やはり長屋の住人である熊蔵《くまぞう》が声をかけた。

「よう、熊さんか。いま、隣町で油屋をしている六兵衛って野郎に会ったんだよ」

「うん、それで？」

「あいつ、おいらの顔を見るなり、なんだ、根性なしのへなちょこ八公かとぬかして、通り過ぎて行きやがった」

「そいつは、ひでえ言いぐさだな」

「ひでえよ」

「しかも、よく我慢できたな。いつもの八っつぁんなら、その場で取っ組み合いの大げんかだろうよ」

　熊蔵は驚いて言った。

「そうなんだけどさ、こっちにも思い当たることがあったもんでな」

　八五郎は悔しそうな顔をした。

「なんだい、思い当たることって？」

「熊さんは、正月、長屋にいなかったから知らないだろうけど、じつはこの長屋で寒気払いをやったんだよ」

「なんだよ、寒気払いって？」

「ほら、暑気払いってのがあるだろ。暑いとき、酒とか飲んで暑さを追い出すやつ」

「ああ、あるよ」

「それに我慢比べも加えて、わざわざ熱いものを食べたりするのもあるよな」

「ああ、暑いときに熱いものを食べるのって、身体《からだ》にもいいらしいぜ」

「だから、その逆をやったんだよ。くそ寒いときに、冷たい酒で冷たいものを肴《さかな》にして飲んだのさ」

「冷たい肴って、どんなやつだよ?」

「まずは冷やしおでんだろ、それから冷やし鍋焼きうどんに冷やし鴨鍋、あとは冷やしうな丼もあったな」

温めて食べたらどれも素晴らしいごちそうである。それをわざわざ氷を入れて冷たくした。

「まずいのか?」

「まずいのなんのって。おでんなんか、なにごとだというくらいまずかったね。ハンペンなんか、冷えるとこんなに小さくなっちゃうし、大根なんか凍ってしゃきしゃきしてるんだぜ。おでんは熱々で食べないと駄目だな」

「そりゃそうだ。勿体《もったい》ねえことをしたもんだ」

「正月だったから、つい豪気になっちまったんだな」

「でも、それがなんで隣町の六兵衛と関係あるんだよ?」

「あの野郎がちょうどうちの大家さんとこに用事があって顔を出したんだよ。大家さんはよせばいいのに、六兵衛に上がっていけなんて勧めたのさ。そうしたら、おいらたちが冷たい肴に震え上がり、たちまち降参したというのに、あの野郎ときたらばくばく食いやがって、なんともねえって顔してやがる」

八五郎は、いまさらながらに憤慨して言った。

するとと熊蔵が、

「そりゃそうだよ。あいつは寒さには強いんだ」

と、当然という顔で言った。

「どうしてだよ？」

「あいつ、いまでこそ油屋をしていて羽振りがいいけど、子どものときにおやじが商売にしくじって、ひどく貧乏していたのさ」

「そうなの？」

「そのころの住まいは向こうの大島町で、おれも近所だったからよく知ってるんだ。着物なんかもぜんぶ質に入れられてさ。着るものがないから、冬でも素っ裸だよ。それで、屋根もないような家に住んでいたんだ」

「可哀《かわい》そうじゃねえか」

「可哀そうだよ。でも、そのかわり、寒さなんかまったく感じないような強靭《きょうじん》な身体になったのさ。すごいよ、いまだに湯だって沸かさねえんだから。真冬でも行水してるってやつだ。だから、あいつに根性なしだの、へなちょこだのって言われるのは、しょうがねえよ」

「そうなのかあ」

八五郎はそう言って、情けない顔をした。

と、そこへ、この長屋の大家が、ぶつぶつ言いながらやって来た。

「おや、大家さん。どうしました？」

「やあ、八っつぁんか。いま、向こうで隣町の六兵衛に会ったんだよ。そしたら、なんだ、腰抜け大家かとぬかしやがった」

「大家さんは腰抜けですか。おいらは根性なしのへなちょこって言われました」

「あれのことだろ？　あの我慢比べ？」

「そうですよ。まったく、あのとき大家さんが、あの嫌な野郎を引き入れたせいじゃないですか」

「だって、あんなすごいやつとは思わなかったんだよ」

「なにせ、子どものとき、あんまり貧しくて、冬でも素っ裸でいたらしいですよ。だから、寒いだの冷たいだのは感じなくなったそうです」

「そうなのかい。まいったねえ。しかも、いままでは別段、六兵衛の店の前を通る必要もなかったから忘れていたんだけど、どうも近ごろ、この近くにお得意さまができたみたいなんだよ」

「え？　それじゃあ、これからしばしばここらに現われるんですか？」

「たぶんな」

「そりゃあ駄目だ。おいらだってしょっちゅう悪口言われてたら、カッとなって殴りかかったりしそうですよ」

「あたしだって駄目だよ。あたしみたいに、いつも他人に無理していい顔をしている男は、カッとなると見境がなくなるんだから」

「え？　大家さんて、あっしらに無理していい顔してるんですか？」

八五郎がそう訊《き》くと、大家は急に慌てて、

「ま、それはいいとして、なんとかあの男をぎゃふんと言わせたいねえ」

「ほんとですね」

「あいつにだって、なにか苦手なものはあるはずだよ」

「寒いのには強いけど、暑いのには弱かったりするんじゃないですか？」

「いや、それはない。今日だって、急ぎ足で歩いてたのに、汗一つかかず、涼しげなつらをしてたもの」

「ううむ。なんかあるはずですけどねえ」

すると、大家と八五郎の話を聞いていた熊蔵が、

「あっしが探ってきましょうか？」

と、言った。

「熊さんが？」

「ええ。あっしはそのときいなかったから、六兵衛になにか言われることはないし。あの近所で探りを入れても平気でしょう」

「そうか。じゃあ、熊さん、頼んだよ」

ということで、熊蔵が六兵衛の苦手なものを探りに行った。

二

「ありましたぜ、大家さん！　八っつぁん！」
四、五日ほどして、熊蔵が長屋に駆け込んできた。
大家の家は路地を入ってすぐである。

「お、六兵衛の苦手なものかい？」

大家がいかにも嬉《うれ》しそうに飛び出してきた。こういう顔を見ると、意外に意地の悪いところもあるのかもしれない。

「なんだ、早く言えよ」

八五郎がうながした。

「じつはね、六兵衛は臭いにおいが苦手なんです」

「臭いにおい？」

「そう。とにかく、いつも鼻をくんくん鳴らして、近所にちょっとでも変なにおいのものがあると、すぐに片づけたりして、かなり苦手らしいですぜ」

「それは変だよ、熊さん」

と、八五郎が首をかしげた。

「なんで？」

「だって、六兵衛は子どものころ、むちゃくちゃ貧しかったんだろ？　だったら、おそらく家を掃除する余裕もないし、洗濯だってしない。臭いにおいになんて、慣れているはずだぜ」

「あ、ほんとだ」

熊蔵は、嘘《うそ》を摑《つか》まされてきたのかと、不安になった。

「いや、そうじゃないさ、八っつぁん。たぶん、熊さんが聞いてきた話は当たっているんだよ」

大家が自信ありげに言った。

「どうしてです、大家さん？」

「逆に、あんまりなにもないと、臭くなるものだってないんだよ」

「え？」

「冬でも素っ裸でいるくらいだったんだろ？　着物が垢《あか》じみて臭くなるなんてことも

ないよ」

「なるほど」

「いつも裸なら汗もかかない。しかも、水風呂だって平気なんだろ。真ん前の大島川に飛び込めばいい」

「そうだよ。いいですねえ、寒さ知らずってやつは」

八五郎が羨《うらや》ましそうに言った。

「八っつぁん、羨ましがってちゃ駄目だよ。それに、いつも風が通るような家なら、臭気がこもることもない。一日中、爽やかな風が吹き抜けているのさ」

「そうかあ。なるほどな」

「じゃあ、こうしよう。臭いにおいのものを用意して、六兵衛をうまく誘うのさ。それで、泣いて謝るまで、あいつに臭いにおいを嗅《か》がせるのさ。うまくいったらあいつはもう、あたしたちを二度と、根性なしだの、腰抜けだのとは言えなくなるよ」

「そりゃあいいや」

八五郎はもちろん、熊蔵もそれは面白いと賛成した。

「さて、臭いものを集めないといけないね。なにがあるだろう?」

「そりゃあ大家さん、臭いといったらうちの長屋の厠《かわや》でしょ。よそから来たやつは皆、言いますよ。この長屋の厠くらい臭いところは、江戸中探してもそうはないって。うちの長屋の名物と言ってもいいくらいでしょう」

「嫌な名物だね」

「そういえば、そろそろ行徳《ぎょうとく》から肥舟《こえぶね》が来るころですね？」

「ああ、三日後に来ることになってるよ」

江戸というところは、なに一つ無駄にはしない。長屋の厠に溜《た》まる肥は、下総《しもうさ》あたりの農家から舟がやって来て、肥料としてもらっていくのだ。

そのかわり、農家ではお礼としてできた野菜を大家に置いていく。これは大家にとって大事な実入りの一つになっていた。

「じゃあ、その肥舟をそこの川岸に横着けしてもらいましょう」

「そうだな」

「あと、臭いものというと、なにがありますかね？」

「そりゃあ、大家さんの息だろうよ」

と、熊蔵は大家を指差した。

隣で八五郎が、よくそれを言えたなという顔をした。

「え？　あたしの息ってそんなに臭いかい？」

「臭いのなんのって、うちの長屋がよそに比べて店賃《たなちん》の払いがいいのはなぜかわかりますか？」

「え？」

「大家さんに催促されると、息をかがされて卒倒しそうになるからですよ。あれをかがされるくらいなら、なんとしても店賃を払わなければと、長屋の皆も必死なんですから」

熊蔵は涙目になって、訴えかけるように言った。

「そ、そうかい。そんなにひどいなら、明日から歯を磨くことにするよ」

「お願いしますよ」

「ほかになにかあるかい？」

「臭いと言えば、クサヤの干物でしょうね」

八五郎が嬉しそうに言った。

これが大好きで、以前はよく食べていたのだが、長屋中から文句を言われ、泣く泣くここで食べるのを諦めていたのだ。

「ああ、あれは凄《すご》いね。あれはほんとに食いものなのかね」

「なに言ってるんですか、大家さん。クサヤを食べずに死んだりしたら、死んでから後悔しますよ」

「焼くときが臭いんだろ？」

「そう。クサヤは焼きたてがいちばん臭いです」

「これで三つか」

大家は指を折った。

「まだ、ほかに欲しいですね。六兵衛がもう勘弁してくれと、泣いて逃げまわるくらいに」

「長屋の連中に訊いてみよう」

大家が住人たちに声をかけた。

「臭いものですか？　毎日食ってるから気がつかないけど、納豆は臭いでしょう」

竹蔵《たけぞう》のおかみさんが答えた。

「なるほど、納豆か」

「それに、あたしのところのナスの古漬けを刻んで入れると、その匂いだけで食欲が落ちてしまうくらいです」

「いやなおかずだねえ」

その隣の、京都から来た為助《ためすけ》に訊いた。

「臭いものですか？　そういえば、江戸に来る途中で食ったんだが、フナ寿司ってやつは臭かったねえ」

「どうやってつくるんだい？」

「フナと飯をいっしょに腐らせるんじゃないかな」

「おい、誰かフナを釣ってきておくれ」

「大家さん。ここは大川《おおかわ》も海とまじわるあたりだから、フナは釣れませんよ」

「弱ったな」

「でも、金魚ってのは、元はフナらしいですぜ」

「じゃあ、金魚でいいや。そっちの尾張屋《おわりや》さんの庭の池から四、五匹釣ってきておくれ」

大家の頼みで、釣り好きの住人が走って行った。

次に浪人者の尾形清十郎《おがたせいじゅうろう》に訊いた。

「臭いもの？　イノシシを飼い馴《な》らした生きものでブタというのがいる。あれは臭いぞ」

「どこにいるんですか？」

「本所《ほんじょ》の向こうの亀戸《かめいど》あたりに行くと、飼っている農家がいくつかあったな」

「おい、誰か行って、一匹ゆずってもらいな」

これは熊蔵が行くことになった。

「あとは、臭いものを知っている人はいないかい？」

大家が声をかけると、

「自慢じゃないが、あたいのへそも臭いぞ」

「おう、与太郎か」

「生まれてこの方、いっぺんも洗ったことはねえからな」

「それは凄い。どれ、見せてみろ」

「これだよ」

与太郎は帯を解《と》き、腹を突き出した。

「うわぁ、へそが詰まっちゃって真っ黒になってるな」

「すごいだろ。あたいのただ一つの自慢だ」

「固まっちゃったのかな」

八五郎が摘《つ》まむようにすると、

「あっ、すぽっと取れたぞ」

梅干しくらいの大きさで、真っ黒いものが出てきた。

「うわっ、ほんとに臭いな」

皆はいっせいに後ずさりした。

「これは、菜っ葉と和《あ》えて、六兵衛に食べさせましょう」

「ああ、そうしよう」

というので、臭いものをずらりと並べられそうである。

三

三日後――。

準備も整い、六兵衛を呼び出すことになった。

「誰が呼んで来る?」

「じゃあ、おいらが」

八五郎が勇んで手を挙げた。

「八っつぁんは駄目だよ」

「どうしてです?」

「だって、こっちの魂胆を見透かされそうだもの。すでに、顔にこれから仕返しをするって書いてあるよ」

大家は首を横に振った。

「では、拙者が参ろうか?」

「尾形さまが? もし、来ないとか言ったらどうなさいます?」

「拙者、こう見えても、柳生新陰流《やぎゅうしんかげりゅう》の免許皆伝。嫌と申せばたちどころに、この刃《やいば》の餌食《えじき》となるであろう」

「駄目ですよ。そんな物騒なことじゃ」

大家は尾形清十郎を慌ててなだめた。

「あたいが行こうか？」

「与太郎がかい？　なんて言って連れて来るんだ？」

「今日は大家さんの一周忌の法要だから、来て一杯やってくれって」

「あたしは生きてるだろ」

「大家さんが生き返ったお祝いだから」

「死んでないよ」

「大家さんがどういう風の吹き回しか、皆におごるから」

「ま、いいか」

「酒の肴はおいしいものばかりだって」

「ちゃんと言えるじゃないか」

「臭くないクサヤに、臭くない納豆とナスの古漬け、それに臭くない生きたブタなんかも用意しましたって」

「怪しいよ、それは。いちいち、臭くないなんて言ったら、臭いって教えているようなものだ」

「そうかなあ」

「しょうがない。あたしが迎えに行って来よう。皆、ちゃんと用意しといておくれよ」

「わかりました」

というわけで、大家が六兵衛の元に向かうことになった。

「さて、あたしが引き受けたのはいいが、たしかにいかにも難しい使いだよ、これは。あの男がまた、やけに威勢がいいからなあ」

ぶつぶつ言いながら、六兵衛の油屋にやって来た。

「六兵衛さんよ」

「おや、熊井町の次郎助《じろすけ》長屋の大家さんじゃないか。どうしたい、腰抜け大家？　根性なしのへなちょこ大家」

「ひどいね」

「だって、あんなぬるいような食いもので、冷てえだの、寒いだのとぬかすんだもの。江戸っ子の風上にも置けねえやな」

「よかったよ、尾形さんだの八っつぁんを使いに寄こさなくて。これじゃあ、どんな喧嘩《けんか》になったかわかったもんじゃない」

大家は小声でつぶやいた。

「なんだって？」

「いや、今日は六兵衛さんを招待しに来たのさ」

「なあに、またあれをやろうってのかい？　へっへっへ。いまは水だってぬるいよ。氷だって張っちゃいねえ。ははあ、わかった。冷たいもので太刀打ちできなかったから、熱いものでやろうってんだな。あいにくだ、おれは熱い食べものも大好きだってことを知らなかったのかい？」

「いや、そういうことではないんだよ。ただ、このあいだの我慢比べのとき、うちの長屋にお里《さと》というかわいい娘がいてな」

「え、かわいい娘？」

六兵衛の顔が変わった。

身体がこっちを向き、崩していた足が正座にもどった。

「そのお里がこのあいだの六兵衛さんの食べっぷり、飲みっぷりに惚《ほ》れ惚《ほ》れしちゃったらしくてさ」

「あ、そうなの」

「あんな男らしい人に、ぜひ、あたしのつくったものを食べていただきたいわ、なんてぬかすんだよ。変な娘だよな」

「いや、とくに変だとは思わねえけどな」

「それで、六兵衛さんの好きそうな食べものをつくってみた。暑気払いがてら、一杯やりに来てもらえないかしら、とこう言うんだよ」

「ふうん」

六兵衛はちょっと考え込んだ。

「来てくれないのかい？」

「なんか引っかかるんだよ」

「なにが？」

「おれはここんとこ、そこらで次郎助長屋の連中に出会うと、根性なしだの、へなちょこだのって、ボロくそに言ってたんだぜ」

「ああ、そうだな。でも、うちの長屋の連中は皆、太っ腹でな。そんなことは気にしていないよ」

「そうかね？」

六兵衛はやはり疑っている。

こういうときは、引いたほうがいいのだ。

「なんだい、来ないのかい？　じゃあ、お里にはそう伝えるよ」

大家が踵《きびす》を返そうとすると、

「ちょっと待ちなよ、大家さん！」

案の定、慌てて後を追いかけて来た。

四

「来たよ、来た、来た」

路地の出口に隠れて、通りを見張っていた八五郎が急いで引き返して来た。

「じゃあ、クサヤを焼いていいかい？」

七輪に炭を熾《おこ》していた竹蔵が、鼻をつまみながら、箸《はし》を持ち上げて言った。

「まだだよ、まだ。六兵衛がここに入ってきたら、鼻を押さえたりできないように、まずは後ろ手に縛ってしまわなくちゃならねえ」

「うむ。それはわしが引き受けた」

と、尾形清十郎がうなずいた。

「さあ、さあ。お里がお待ちかねだ。お里！　お前の憧れの六兵衛さんを連れて来てやったぞ」

大家がこれみよがしなくらい大きな声を上げて帰って来た。

「お里。ほら、おれだよ。恥ずかしがらずに、早く顔を見せとくれ」

六兵衛も根が図々《ずうずう》しいから、すっかりその気になっている。

そこへ、尾形清十郎がぱっと飛び出し、腕を取ると、たちまち後ろ手に縛りあげた。

「あ、なにするんだ」

「これから、お里のつくった肴を食べてもらうのさ。お里」

大家が呼んだ。

「はぁーい」

返事をして出て来たのは、今年、七十八になる大家の母親だった。

「あ、なにがかわいい娘だ」

「あたしだって、六十年前は、そんなふうに言われたのさ」

お里婆《ばあ》さんはそう言って、にやりと笑った。

竹蔵がクサヤの干物を焼きはじめた。

「うわっ、臭い。なんだ、これは」

すさまじいにおいで、六兵衛の身体から急に力が抜けた。

「焼いているうちに、納豆とナスの古漬けをまぜておきましょう」

八五郎が六兵衛の鼻先で、納豆と刻んだ漬け物をかきまぜた。

「か、勘弁してくれ」

六兵衛の顔色はすでに真っ青である。

「こっちも珍味だぜ。フナ寿司に似せてつくった金魚の熟《な》れ寿司。色もなんとも言えないだろう?」

熊蔵がつくったもので、ぴかぴか光る金魚の色合いが、なんとも不気味である。

「き、気味が悪い。そんなもの食えるか」

六兵衛の頬を涙が滴たり落ちた。

「与太郎のへそのゴマと、菜っ葉を和えたやつもできてるだろう?」

「ふぁーい。どんぶりに一杯もつくったよ。こりゃあ、うまいぞ」

与太郎が箸でつまみ、六兵衛の口の中に無理やり入れようとする。

「駄目だ、これは。そのにおいは腐ったもののにおいじゃないか。こら、よせ！」

さらに、そこを子ブタがぶひぶひ鳴きながら駆け回り、ついには行徳から来た肥舟の船頭たちが、

「お約束の下肥《しもごえ》をいただきに参りました」

と、汲《く》み取りをはじめた。

もう長屋中に、凄《すさ》まじい匂いが蔓延した。

「あ、駄目だ。なんだか気が遠くなってきた」

「無理すんなよ」

「神さま、お助けを」

「おい、拝む前にすることがあるだろ？」

「なに？」

「おめえにだって苦手なものがあるってのを認めることさ」

「ああ。おれは臭いものが駄目なんだ」

「だったら、お前だって根性なしのへなちょこじゃねえか」

「根性なしのへなちょこだとぉ？　それは認めないぞ」

六兵衛は頑固に首を横に振った。

「認めないだと？　クサヤをもっと焼いて」

「うぐっ、うぐっ」

六兵衛は痙攣《けいれん》寸前である。

「お前も腰抜けだろう？」

「まだまだ」

「大家さん。とどめの息をかけてあげて」

八五郎が大家を呼んでけしかける。

「こうかい、はあーっ、はあーっ」

大家の息がまともにかかる。

「うわっ、死にそうだあ」

「どうだ、そろそろ観念したほうがいいぜ」

八五郎が迫る。

「ううっ、でも、おれにはもっと苦手なものがあるのだ。そっちも耐え抜いてみせるぞ」

「もっと苦手なもの？　なんだ？」

八五郎が目をつり上げて迫ると、六兵衛は少し照れたように笑って、

「若い女はもっと苦手なんだ」

第四席　辻の風呂

一

いまでいう銭湯のことを、江戸では湯屋と言った。

江戸っ子は湯が大好きで、江戸市中におよそ六百軒の湯屋があったと言われる。

その中には、ちょっと変わった湯屋もあった。

舟に風呂桶《ふろおけ》をしつらえた湯舟というのは、隅田川の上流あたりに出没し、粋《いき》な楽しみとして人気があった。

このほか、数は多くないが、辻《つじ》風呂と呼ばれる湯屋もあった。これはいわば屋台の湯屋である。

おやじが桶をかついで、町角にやってくる。近くにきれいな川や井戸がなければならない。その水を沸かし、桶に入れて、小さな湯屋が現われる。

多少の囲いはあったらしいが、もちろんいまだったら、とても営業許可はもらえない。

また、使える湯の量も限界があり、衛生的とはとても言えない。

ただ、町の片隅で、ひっそりと営業する辻風呂には、侘《わ》びしさやつつましさなども伴なう独特の風情があったという。

ここは深川の、だいぶ奥まったあたりの島崎町——。

横川から亥之堀《いのほり》に入るところに架かった、福永橋という小さな橋のたもとに、柳の木が一本立っていて、夕方、その下に一抱えほどもある桶が置かれた。運んで来たのは五十がらみの、痩せたおやじである。

おやじは綱を結んだ手桶を横川に放り込み、水を汲《く》み上げると、それをやはり持参した七輪の上の釜で沸かし始めた。

そのあいだも、何度か水を汲み、木の下の桶に入れておく。

また、よしずのようなものを木と桶のあいだに立てかけ、目隠しになるような場所もつくった。

そうこうするうち湯が沸いたので、これをすでに水の入った桶の中に入れる。もちろん一杯くらいではそうそう熱くはならないので、また新たに水から湯を沸かす。桶のほうは冷めないよう、蓋をしておく。いまは六月（旧暦）で湯の冷めるのは遅いが、江戸っ子はたいがい熱湯《あつゆ》好きである。

熱い湯を三杯ほど注いで、桶の中がちょうどいい湯加減になってきたころ、

「ここで、なにやってんだい？」

男が足を止めた。身体《からだ》が恐ろしいくらい大きいが、顔つきは目尻が下がり、やさしげで、どこか気も弱そうである。

「はい、湯屋でございます」

「湯屋？　これが？」

「かんたんなつくりではございますが、いちおう湯屋なんです」

「へえ、驚いたなあ」

「初めてでございますか？　浅草だの両国のはずれあたりでも、何軒か出ておりますが」

「いや、おれは初めてだ。湯銭はいくらなんだい？」

「はい。五文をいただいております」

「町の湯屋より安いんだな」

町の湯屋は六文である。安いので、日に何度となく入る客も多い。

「そりゃあ入り心地が違いますからね。上がり湯も存分にというわけはいきませんし」

「でも、桶なんかかついで来るんだろ？」

「ええ。けっこう重いです」

「それで、ここで湯を沸かすんだ」

「この小さな釜でね」

「ぜんぶ一人でやるんじゃないか。釜炊きから番台まで」

「番台なんてものはありませんよ」

「いや、要するにそういう仕事だよ。それで五文じゃ割に合わないだろう」

「大勢入っていただくと、どうにかなりますので」

「そうか。話を聞いたら入ってやりたくなっちゃったな」

「ぜひ」

「でも、やっぱり駄目だ。おれは入れないよ」

「どうしてです？」

「この身体を見てくれよ」

「立派なお身体でございますな」

「このあいだまで、相撲取りだったんだ。親方に相撲取りのくせに肥《ふと》り過ぎだって言われたくらいだぜ。そんなに肥ったから、逆に倒れやすくなって弱くなったんだって」

「肥り過ぎを心配されるお相撲さんて珍しいですね」

「だから、こんなおれが湯舟に入ってみな。湯はどぉーってぜんぶこぼれちまうぜ」

「ははあ」

確かにそうなるだろう。

「湯が勿体《もったい》ねえ」

「そっちの手桶に移しておきますよ」

「そんなもんじゃ足りねえな。あとにはこれっくらいしか残らねえよ」

手で指し示したのは、男の膝小僧あたりである。

「また、沸かせばいいんですから」

「そうはいかねえ。お、そうだ、いいこと考えたぜ。まず、へそのところまで入るんだ」

「それじゃ、入った気がしませんでしょ。やっぱり全身、湯に浸《つ》からないと」

「次に、さかさまになって、頭からへそまで浸かるんだ。つまり、身体を半分ずつ分けて入るわけさ。どうだい?」

元相撲取りは自慢げに言った。

「そんな申し訳ないですよ」

「いいから、いいから」

そう言って、男は着ていた浴衣《ゆかた》を脱いだ。

「往来で裸になるのもちっと恥ずかしいな」

「ええ、大丈夫です。あたしがこうして、よしずを立てますのでね」

辻風呂のおやじは、木のわきから桶を囲むようによしずを移し、桶の半分を巻くようにした。

「なるほど。そうすりゃいい目隠しになるのか」

「はい。露天の商売は細かな工夫が肝心ですのでね」

「なるほどな。長いのかい、この商売は？」

訊《き》きながら、元相撲取りはへそのところまで湯に浸かった。

「そうですね、屋台のそば屋と稲荷《いなり》寿司売りも合わせると、もうかれこれ六十年くらいになりますか」

「そんなにやってんの？　まだ、五十くらいにしか見えねえよ」

「そうですか。へっへっへ」

辻風呂のおやじは照れ臭そうに笑った。

「よし、下半身はずいぶんさっぱりした。次は上半身だ」

元相撲取りはそう言って、頭からざぶんと湯に浸かった。

「あらら、ほんとに入ってしまった。凄《すご》い光景だねえ」

風呂桶から下半身が飛び出している。

「幸い、ここを通る人は少ないが、知らずに見た人はなんだと思うだろうなあ。律義というか、心がやさしいというか。こうして、店のほうにも思いやりをかけてくれる。これじゃあ相撲を取ってもあまり強くなかったんじゃないかな。勝負相手のことを考えてしまったりして。こういう人は、勝負ごとの世界は合わないよ……もっとも勝負のない世界なんかないからね。こんな辻風呂みたいな商売にも、縄張り争いはあるし、ふつうの湯屋とも張り合わなくちゃならないんだ。まったく、厳しい世の中だよな。この世ってとこは……あれ、まだ出ない。まさか、溺《おぼ》れちゃったわけじゃ」

辻風呂のおやじは、慌てて足を叩《たた》いた。

「大丈夫ですか？　お客さん。まさか、溺れているわけじゃないですよね？」

「ぷはーっ」

くじらが浮かぶみたいに、大きな顔が浮き上がった。

「ああ、苦しかった」

「大丈夫ですか？」

「うん。このあいだ溺れて以来、ひさしぶりだよ」

「溺れたんですか」

「冬に大川《おおかわ》に飛び込んだりしたもんでね」

「駄目ですよ、そんなことしちゃ」

「いや、でも、さっぱりした。じゃあ、また寄せてもらうよ。これは湯銭だ」

と、五文を渡し、元相撲取りはいなくなった。

二

「あら、これって辻風呂？」

女の声がした。

見ると、若い芸者が立っている。思わず目を瞠《みは》るほど、きれいな芸者である。さぞや売れっ子なのだろう。

「ええ、はい。辻風呂でございますよ」

「男の人しか入れないの？」

「いえ、別にそんなことはありません」

芸者はちょっと首をかしげ、あたりをすばやく見回して、

「じゃあ、あたし、入ろうかな」

「お、お客さんが？」

「駄目？」

ちょっと甘えたふうに訊いた。

「いや、駄目じゃないですが、ここで着物を脱いだりすることになりますよ」

「そんなのはかまわないわよ。それに、ここはほとんど人も通らないじゃないの」

「まあ、そうですが。でも、また、身支度してお座敷でしょ？」

「ううん。ここんとこお座敷は休んでいるの。今日はちょっと町を歩いてきて、もう家に帰って寝るだけなの」

「そうですか。そりゃ、まあ、汗を流してさっぱりし、川風に吹かれでもしようものなら、浮世の疲れも取れるってもんですよ」

「そうよね。入らせてもらう」

おやじはよしずの前に立ち、人が来ないか見張ることにした。

「脱いだ着物は、その柳の木の枝のところにかけてください」

「あ、ここね」

「はい、そこんとこ」

見まいとしても、ちらりと目に入ってしまう。真っ白な肌に豊かな胸。そのくせ腰のところはきゅっとくびれて、その下のお尻は磨いた桃のように……。

「おっとっと」

あまりの色っぽさに、おやじは年甲斐《としがい》もなくめまいがした。

「じゃ、入るわね……ああ、いい湯」

「ぬるくないですか？」

「ううん。ちょうど。あたし、あんまり熱い湯は苦手なのよ」

「ほんとは皆そうなんですよ。馬鹿みたいに熱い湯に入ったりするのは痩せ我慢で、身体にもよくないんですよ」

「そうよね。でも、痩せ我慢みたいなことって、しちゃうのよね」

「お客さんみたいなきれいな芸者さんでも？」

「うん、しちゃうの。好きな殿方にも痩せ我慢して捨てられちゃったり……」

語尾が涙をともなったように震えた。

おやじも何と言ったらいいかわからず慌てた。

「そりゃあ、おつらいことで」

芸者は首まで湯に浸かり、顎を桶の縁にのせ、暮れなずむ景色を見ていたが、やがて一つ大きくため息をついて、

「いっしょになってやろうかって言われたの。やろうかってよ。でも、あたしは、いっしょになってくれって言われたかった」

「そりゃそうですよ」

「別に売れっ子芸者だからって鼻にかけてたわけじゃないわ。矜持《きょうじ》みたいなものでもないの。でも、男の人から願われたかった」

「わかりますよ。そう言わなければならないのが男というものでしょう。何がいっしょになってやるだ。姐《ねえ》さん、そんな男、やめちゃいな」

おやじは憤慨して言った。

「でも、あたし、好きだったの。その若旦那のこと。わがままで、見栄坊《みえぼう》で、苦労知らずだから他人のつらさにも目が行かなかったりするけど、ほかの人にはない、純粋なところがあるの」

「なるほど」

「子どもっぽいって言う人もいるわよ。あたしもそうだと思う。でも、そんな若旦那

を、そばで面倒見てあげたいって思ったの」

芸者はそう言って、小さく微笑《ほほえ》んだ。

「ははあ。母親みたいな気持ちになっちゃったんだね」

「うん。でも、いっしょになってやろうかとか言われたものだから、若旦那みたいに偉そうにする人は嫌いって言ってしまって」

「男ってそういう言い方するんだよ。照れてるんだ」

「そうみたいね。あたしも先輩の姐さんに聞いたわ。でも、それからぴたりとお座敷にも呼んでくれなくなって」

「なんだな。それなら言えばいいじゃないか。本当は好きだったって」

「そうよ。言いに行ったの。若旦那の店はもちろん知っていたわよ。でも、遅かったの。そこでも痩せ我慢して、しばらく行かなかったからなの。そしたら、ちょうど祝言《しゅうげん》の日だったってわけ」

「あちゃあ」

「あたしにふられたので、ずうっと親から言われていた親戚の娘さんを嫁にもらうことにしたんですって。それで、店の前でお嫁さんが来るのを待っているところに行き合わせてしまって」

「そりゃ、また」

「そしたら若旦那が、なんだ、お祝いに来てくれたのかって。あたしはまたも痩せ我慢。うん、そうよって。それでおめでたい唄を三曲ほどうたっちゃって」

「そりゃあ、つらかっただろう？」

「つらかったよお」

芸者は子どもみたいな口調で言った。

「でも、姐さんだったら、いくらだっていい男が見つかるから」

「ううん。そうじゃないの。そりゃああの若旦那よりいい男なんて、この世にいっぱいいると思うわ。でも、そういうもんじゃないでしょ、男と女って。条件のいいのを狙って、買いものするみたいに選ぶものじゃないよね。あたしとあの若旦那って、運命で出会った気がするの」

「運命かい」

「あたしは、運命を逃がしちゃったのよ」

そう言って、芸者はしばらく声をなくした。

来たときにはまだ西の空に茜色《あかねいろ》が残っていたが、話を聞くうち薄青い闇が、そしてもう真っ暗な闇に包まれている。だが、月明かりのおかげで、芸者の横顔がぼんやり影になって見えていた。

「姐さん。時の過ぎるのを待つことだよ」

おやじは柔らかい声で言った。

「時がね……」

「ああ。過ぎていくから」

「ありがとう、おじさん。慰めてくれて。ああ、さっぱりした。もう出るわ」

芸者は湯舟から出て、着物を着た。

「気が滅入《めい》ったら、またおいでよ」

「ありがとう。また来るわ」

そう言って、芸者は闇の中に消えて行った。

三

芸者が去ったのと反対のほうから、提灯《ちょうちん》の明かりと足音が、凄い速さで近づいてきた。

それが辻風呂の前でぴたりと止まると、

「おっと、キュウリとナスを三本ずつ、もらおうかな。手土産にちょうどいいや」

声をかけてきたのは、四十くらいの町人である。

「は?」

「だから、キュウリとナスの浅漬けを一本ずつ……あれ、ここ、漬けもの屋じゃないの?」

「なにを言ってんですか、お客さん?」

「これ、漬けものの樽《たる》だろ? あんたは、露店の漬けもの屋の貧しいおやじ」

「貧しいは余計でしょうが。当たっているけど」

「こりゃ、申し訳ない」

「うちは漬けもの屋じゃありません。辻風呂なんです」

「あ、辻風呂か。そうか、これは漬けもの樽じゃなくて、湯桶か」

男は桶の中をのぞき込み、やっと中に湯があるのに気づいた。

「だいぶそそっかしいみたいですね？」

「そうなんだよ。よく、言われるんだ。辰平《たつへい》さんはいい人だけど、そそっかしいのが股に瑕《きず》ねって」

「そりゃ玉に瑕でしょ」

「股と玉。ま、場所が近いから」

「ぜんぜん意味が違いますよ」

「辻風呂かぁ。いいねえ。乙だねえ」

「どうぞ、浸かっていってくださせえ」

「生憎《あいにく》だがそうもいかねえ。忙しくてね」

辰平とやらは、せかせかした口調で言った。

「そんなに忙しいんですか？　あまり景気はよくないって聞きますが」

「景気はな。だが、おれは忙しくしてるよ。だいいち、のんびりなんかしちゃいられねえよ。人生はとんでもなく短いんだから」

「旦那くらいの歳《とし》でも？」

「そりゃあ思うよ。だいたいが、一年の早いことと、短いことと言ったら、あっという間だぜ」

「ほんと、一年というのは早いですね」

「朝、飯を食いはじめるだろ。それで、ああ、もう一杯ご飯を食べようか、どうしようか。沢庵《たくあん》を一枚かじって考えよう。ぽりぽり食べて、やっぱり朝から食べすぎはよくないって立ち上がると、もう一年が過ぎてるんだ」

「そんなに早くはないでしょうが」

「いや、それくらい早いよ。だから、おれはちょっとでもすばやくいろんなことがしたくってさ」

「そんなに慌てないで、たまには辻風呂にでも浸かって、ゆったりした気分になってくださいよ」

「そりゃ、辻風呂には入ってもいい。じゃあ、こうしよう。おれが裸でここに立つから、あんた、桶から湯を汲んで、ざばっとおれの身体にかけてくれよ」

「それで湯に入ったことになるんですか？」

「同じだろ？　濡《ぬ》れれば？」

「それは違うでしょう」

「いちばん手っ取り早いと思うけどね。いいよ、わかった、入るよ。もともと湯は大好きなんだ。でも、ゆったりなんか入らねえ。いいかい、湯銭を渡すだろ。はい、五文」

「たしかにいただきました」

「そのときには帯に手をかけ、着物ははらりと」

辰平はもう裸になっている。

「おっと、落ちましたよ。はい、ここにかけときます」

「おれはいつもふんどしなんかつけてねえから、さっと入れるんだ」

飛び込むように湯に浸かった。

「え、ふんどしつけないんですか」

「あんなもの、小便するときに余計な手間がかかるだけ。なにもいいことなんかありゃしねえよ。それで、ざぶんと入って、さっと出る」

そのときにはもう風呂桶の外に出ていた。

「もう出るんですか？」

「だから、ぐずぐずしないって言っただろ」

辰平はかけていた着物を取り、さっと着た。

「それじゃあ、あたしも湯銭をいただくのが悪いくらいですよ」

「そんなこと気にしなくていい」

「お客さん」

「辰と短く呼んでくんな。た、だけでもいいぜ」

「じゃあ、辰さん、余計なお世話かもしれませんが、あっという間に過ぎていく人生なら、せめて湯くらいゆったり浸かってもいいじゃありませんか。どうせ早いなら、さっさか入るのも、ゆったり入るのもいっしょでしょ？」

「そりゃ、まあ、そうか」

「そうですよ。ここの夜の景色をご覧なさいな。向こうに見える町の明かりが、木場《きば》の貯木池や横川の流れに映ってゆらめくさま」

「え、ああ、きれいだな」

「こういう風景にじいっと見入って、来《こ》し方行く末にぼんやりと思いをめぐらす。それも人生の醍醐味《だいごみ》の一つですよ。慌ただしく有意義な人生を送るのもけっこうですが、たまにはこうした時間を持たないといけませんよ」

おやじは親身な口調になって言った。

「ほんとだな。よし、わかった。じゃあ、あとで、もう一回来るよ。いまからお得意さまを三軒ほど回らなくちゃならねえ。そしたら、また来るよ」

「ええ。ぜひ、お寄りくださいまし」

と、辰平を見送って、煙草《たばこ》を一服吹かすと、

「はっはっはっ。行って来たぜ」

ぜえぜえ息を切らしながら辰平がもどって来た。

「もう行って来たんですか?」

「ああ、駈《か》け足でお得意さま三軒に挨拶し、次の商売をまとめて来たよ。向こうはおれの勢いに驚き、誰かに追いかけられてるのですか、とか訊いてたけどな」

「そうですか。かえって急がせてしまったみたいで、申し訳ありませんね」

「いいってことよ。さて、ゆったり辻風呂に入れてもらうか」

「はい、どうぞどうぞ」

「じゃあ、湯銭をおくよ」

「ありがとうございます」

「着物もゆっくり脱いだほうがいいか？」

「そうですね」

「こうだな。ちんとんしゃんと、三味線の音色でも欲しいところだ」

辰平はやけにゆっくり帯を解《と》き、着物をそうっとずらすように、背中から腰に落としていく。

「いや、そんなふうにゆっくりだと、別の気持ち悪さが」

「そうか。じゃあ、着物はふつうに脱いで、ゆっくり湯舟に入ってと……ああ、いいねえ。湯がじわーっと毛穴から染み込んでくるみてえだ」

「そうでしょう」

「ううっと身体を思い切り伸ばしてえところだけど、手足がつかえるね」

「そうなんです。手足を伸ばせないのが辻風呂の難点でしてね。でも、あったまったら湯から出て、そこに腰かけてから手足を伸ばしてくださいよ」

「ああ、わかった。あとでそうするよ。いまはこうやって、さっきおやじさんが言ったみたいに景色に見やって……」

ここから見えているのは、木場の水辺の景色である。

盛り場とは違う、つつましやかで、少し寂しくて、人の暮らしの匂いがする夜の町並である。

「いいねえ」

「いいでしょ。辰さんの前に入った芸者さんも、そんなふうに顎を縁のところに載せて、景色を眺めて行きましたよ」

「芸者？　女も辻風呂に入るのかい？」

「ええ。気風《きっぷ》のいい姐さんでしたから。でも、若くてきれいでしたよ」

「へえ」

「そんな姐さんも、男にふられたってがっかりして」

「勿体ないねえ」

「ほんと、勿体ない。でも、それが人生ってものでね」

辻風呂のおやじはそう言ってため息をついた。

四

「旦那は若いときからそんな調子で働きづめですか？」

辻風呂のおやじは辰平に訊いた。

「そうだね。おれはおやじの失敗を見ちゃったからさ」

「なにか、あったので？」

「うん。のんびり商売をしていたら、同業の店に足元をすくわれて、店をつぶしちまったのさ」

「そうでしたか」

「おれが十五のときだったよ。おやじはもうやり直す気力もなくてね。でも、おれはぜったいこの店を立て直してやるって決心したもんだからさ。とにかく借金を返すところから始まったので、働きつづけるしかなかったんだよ」

「そうでしたか」

「なんのかんの言っても、商売ってのは面白いからね。やっぱり頑張れば頑張るほど儲《もう》かるもんだし、勝利の気分は味わえるし」

「勝利の気分ねえ。でも、旦那が勝つと、負ける人もいるんですよね」

おやじはつぶやくように言った。

じっさいこの辻風呂には、負けた側の人たちがいっぱい入りに来る。むしろ、そっちのほうがはるかに多い。

「負ける人？　あ、そうだな。うっ」

辰平は胸を押さえた。

「どうしました？」

「いま、急に痛みを覚えたんだよ。負けた者の痛みかな」

「感じました？　それは、感じられるようになったんですよ」

「感じられるように？　へえ。なんだか、いい人間になったみたいじゃないか」

「そうなんです。ここに来るお客さんに悪い人は一人もいませんね」

「一人もかい？」

「はい。皆さん、人生のつらさ、きびしさを嚙《か》みしめてきた人たちですよ」

「なんだか、おかしな言い方だな」

辰平はそう言って、周囲を見回し、

「ここって、よく見ると、寂しいところだよな」

「そうですね。ちょっと向こうは寺町で、お墓だらけですしね」

「やだな、おい。寒けがしてきたよ。あれ？」

辰平は、いま自分が入っている桶をじいっと見た。

「どうしました？」

「なあ、おやじ。これって風呂桶というより、早桶《はやおけ》なんじゃないの。あの、亡くなった人を納めるやつ」

「あ、わかりました？　風呂桶よりも運ぶときに軽いものでね」

「いくら軽くても、早桶は駄目だろう……あれ、ここ、柳の木の下じゃないか」

そう大きくもない柳の木が、かすかな風にもゆらゆらと動いている。

「そうですよ、柳の木ですけど」

「柳の木の下に出るのって、どじょうだけじゃないよな」

「と、言いますと？」

「こんなのも出るだろう？」

辰平は、両手を胸のところでだらりと垂らすようにした。

「はい。ここに来るのは皆、あの世の方。もちろんあたしも、病であの世に行っちゃった口でして」

「なんだよ。勘弁してくれよ」

「まさか、怖いんですか？」

「もちろん怖いに決まってるじゃないか。お化けは大の苦手だよ」

「ねえ、旦那」

おやじは苦笑しながら辰平の肩に手をかけた。

「なんだよ？」

「旦那、あんまり、そそっかしいんで忘れちゃったみたいですね。ほら、今日の朝、飯を食べて早々に家を飛び出して……」

「え？　あ、そうだ。おれ、今朝、荷車に轢《ひ》かれちまったんだっけ」

第五席　どかどか

一

「おい、八っつぁん、待ちなよ」

と、呼ばれて立ち止まった八五郎は、ひどく息を切らしていた。

「ひい、ひい、お、留か。ああ、しんどい」

「正月早々、なに急いでるんだよ。なんかいいことでもあったか、この野郎。ちっとはお裾分けでもしろよ」

「そんなんじゃねえ。いま、借金取りに追われてるんだよ」

「正月だってえのに？　借金取りなんてえのは、暮れから催促にかかって、大晦日《おおみそか》を過ぎたらしばらく待ってくれるもんだぜ」

「そうだよな。それでおれもなんとか大晦日を逃げ切ったと思ったら、どういうわけか会っちまうんだよ、金を借りてるやつに」

「そりゃあ災難だったな」

「またな、おれもそいつが借金取りだとわかっていれば、わき道に逃げたり、顔を隠したりするんだけどさ、すっかり忘れてるんだよ、そいつに金を借りたのを」

「ふうん」

「それで、しゃべっているうちに思い出すのさ、向こうがな」

「それは貸したほうは忘れねえもの」

「聞くとたしかに借りてるんだよ。嫌なもんだぜ、忘れている借金を思い出すのって」

「あれ？」

「な、なんだよ」

「そういえば、おれもおめえに貸してたよな」

留吉の目が急におちょこの縁くらいに大きくなった。

「え」

八五郎の顔から冷や汗がたらりと垂れた。

「ほら。あんときだよ。そこの毘沙門《びしゃもん》さまの縁日で、おめえは金魚すくいをやっただろ。いい歳《とし》をして」

「ああ、やったな。いい歳は余計だが」

「それでいくらやっても金魚一匹すくえねえ。だんだんムキになって、おめえは百二十回もやっただろ」

「そうだよ。また、あの夜店の金魚が重いのなんのって、餌のかわりに鉄の玉でも飲ませてやがったんだろうな」

「そんなもの、飲ませるか。それで、あれは一つ十文の網だった。おめえは百文しか手持ちがなくて、あとは全部、おれに借りてやったんだぜ」

「そういえば」

「百十回分。千百文」

「金魚すくいの代金かよ。間抜けな借金じゃねえか。正月早々、そんな間抜けな借金の催促をするなよ」

「やったことは間抜けでも、貸したのはれっきとした銭だ。さあ、返してくれ。おれのほうが先だ」

　留吉は手を出して、八五郎に迫った。

「返せるものなら返してるよ。じゃあな」

　八五郎は、一目散に逃げ出した。

「まったく、声かけてくるやつがどいつもこいつも借金を取り立てようとしやがる。ということは、おれは町中のやつに借金して回ってるってことかよ。ひい、ひい……疲れるよなあ、まったく……ここまで逃げたらもう諦めただろう」

　八五郎が振り返ると、諦めたどころか、借金を催促する連中が道幅いっぱいになって追いかけて来ているではないか。

「八っつぁん。返してくれ」

「おれにも返せ」

「あんたが返してくれないから、あたしゃ、まだ大晦日なんだ」

「返せぇええ！」

　皆、凄《すさ》まじい形相《ぎょうそう》である。

その恐ろしさに、八五郎も逃げようとするが、だんだん足がもつれてきた。

「あ、駄目だ。足が動かねえ」

「八っつぁん、金返せ」

「おれにも返せ」

「逃がさねえぞ」

「うらめしやぁ」

身体中《からだじゅう》にのしかかってきた。

「うわっ、助けてくれぇ！」

二

「お前さん、しっかりおしよ」

「た、助けて！」

八五郎が寝床でもがくように、手足をばたばたさせていた。

「どうしたい、お前さん？」

女房のおしまが心配そうに訊《き》いた。

「い、いま、追われているんだよ」

「誰に？」

「町中の人に」

「追われてないよ」

おしまは素っ気ない調子で言った。

「え？」

「ほら、誰もいないだろ」

「あ、ほんとだ……夢か……悪い夢見ちゃったなあ。でも、夢でよかったよ」

八五郎は起き直って、ホッとため息をついた。

「よくないよ、お前さん」

「なんでよくねえんだよ？　夢だったんだぞ」

「いまの夢、なんだと思うの？」

「え？」

「初夢でしょ」

八五郎は部屋の中を見た。なるほど、貧しい長屋住まいだが、神棚にはしめ飾りがある。お供えで餅も上がっている。

そういえば、昨日はお屠蘇《とそ》も飲んで、雑煮も食った。隣町の棟梁《とうりょう》の家に年始の挨拶にも行った。

「そうか。正月か。さっきのは元日の夜の夢か」

「初夢って、今年一年を占うものらしいよ」

「あれがおれの今年一年かよ」

八五郎は泣きそうな顔をした。

「そんなにひどいの？」

「ひどいなんてもんじゃねえ。まいったなあ。おれは、今年、あんなふうになっちまうのかよ」

八五郎は大工である。年季奉公は四、五年前に終わっているから一人前の大工であるはずだが、完全に独り立ちしたとも言えない。まだまだ棟梁の世話になっている。

それでも一生懸命働けば、そこそこの蓄えもできるはずだが、八五郎は酒が好きである。稼いでも、かなりの銭はそれで消えていく。

とりあえず、いまのところは借金こそないが、あれがいつ正夢になってもおかしくはない。

「お前さん、そういう悪い初夢を見たときは、さっさと誰かにしゃべっちまったほうがいいんだよ」

「そうなのか。あのよぉ、町中の人が……」

「あ、あたしには言わないで。悪い初夢がうつるから」

「うつるのかよ」

「だから、しゃべっちまったほうがいいって言うんだよ」

「人におっつけるのかよ」

「そうだよ」

「そういうのはよくねえなあ」

「なに人のいいこと言ってんだよ。嫌なことは人におっつけるようにしないと。あんたはいままで、おっつけられるばっかりの人生だっただろ」

「そうだな」

「あたしだって、おっつけられたんだろ」

「ああ、そうだ、おめえのおやじにな。おれはいらねえって言ってるのに、いいから、いいからって無理やりおっつけられたんだ」

「三度も出もどったばかりか、炊事、洗濯、掃除とどれもまともにできないくせに、三度のおまんまはどんぶりに三杯ずつ。あたしだって、申し訳ないとは思いつつ、来ちゃった」

「まったく、おれも断われねえんだよなあ」

「だから、今度はあんたの番だっていうのさ」

「おめえを誰かにおっつけるのか?」

「そうじゃないよ。あたしはもう駄目よ。死んでもこの座は捨てないんだから。それより、夢のほうをなんとかしなよ」

「でも、あんな夢をやたらと人にうつしたら悪い気がするなあ」

「そんなにひどいんだ」

「誰にしゃべろう?」

「誰だっていいんだよ」

「じゃあ、棟梁のとこか。昨日、年始に行ったら、おめえの仕事はここんとこどうもよくねえ、今年はしっかりしなくちゃ駄目だって、さんざん説教されたんだ。ろくろく酒も出さずに。あれが棟梁のすることか」

「そりゃあ、お前さんのことを思ってだろうけどね。でも、棟梁ってのは、弟子の困ったことも引き受けるのが仕事みたいなもんだからね。そうだよ、棟梁におっつけてきな」

と、背中を叩《たた》かれ、送り出された。

三

静かだった元日の朝と違って、正月の二日ともなれば江戸の町はいつにも増して賑《にぎ》やかになる。店は初売りを始め、獅子舞《ししま》いや三河万歳《みかわまんざい》、猿回しといった芸人たちが通りを練り歩く。

「いいねえ、正月ってえのは賑やかで。おれもあんなくだらねえ夢を見なかったら、いい気持ちで町をそぞろ歩いているんだけどね。なんでまた、あんな恐ろしい初夢を見ちまったんだか」

ぶつぶつ文句を言いながら、隣町の棟梁の家にやって来た。

すると、最近、急死したよその棟梁のところから移ってきた若い又蔵《またぞう》という弟子が先に来ているではないか。

この又蔵は仕事もできるが口もうまい。それでなにかいい調子で棟梁に話しているところだった。

「お話中、すみません。棟梁、あの……」

「なんだ、八五郎じゃねえか。あれ、おめえ、昨日、年始に来てたんじゃねえか？」

「ええ。今日はもっと大事な年始でしてね」

「なんだよ。ちょっと待て。いま、又蔵の初夢の話を聞いているところなんだ。うん、なに、それでどうしたって？」

「ええ、それで弁天さまが口説かれて迷ったんですよ。恵比寿《えびす》や大黒ならともかく、福禄寿《ふくろくじゅ》でしょ。爺《じい》さんですからね」

「まあな」

「ところが、弁天さまも粋ですよね。福禄寿さんがそんなに言ってくれるなら、なびかないのは女じゃありませんよね、と」

「落ちたの？」

「落ちたんですよ」

「うまいことやったな、福禄寿も」

「でしょう。それで、結ばれた二人のあいだには、たちまち子どもができちゃいました。生まれた子どもはなんと、七人。これがまた、弁天そっくりのかわいい女の子です。それで二代目七福神というのは、なんと弁天ばかりの七福神」

「めでたいな」

「それだけじゃないんで。その福禄寿の顔をよく見ると、これが棟梁そっくりだったんですよ」

「あ、そう！　それはいい夢を見たな」

「でしょう。あっしはすぐに棟梁に話さなければと思いましてね」

「うん。飲みねえ、飲みねえ」

　これである。まったく調子のいい男というのは、こうして世の中を順調に渡っていくのだと思うと、八五郎はこの新しい弟子が憎たらしくなってくる。

「それで、八五郎、どうしたって？」

「いえね、あっしも夢を見たんですよ」

「おめえが？　夢を？　なんかの間違いだろう」

「間違いじゃねえんで。じつはね……」

八五郎が話そうとすると、

「待て、こら。八五郎。なにも言うんじゃねえ」

「どうしてですか？」

「どうせおめえの夢なんかろくなもんじゃねえ。うつると嫌だから聞かねえよ」

「あら」

こっちの魂胆がすっかりばれていた。

「その顔を見ると、どうやら図星だったらしいな。お生憎《あいにく》さま」

「まいったなあ、ばれちゃってたよ。棟梁が駄目なら、ほかを当たらなくっちゃな。誰にしよう。そうだ、大家さんがいい」

棟梁の家を出ると、次に大家の宇左衛門《うざえもん》の家に向かった。

「どうも、大家さん」

「おや、八っつぁんじゃないか。明けまして、おめでとう。さあ、お入りよ」

「ええ、どうも。じつはね、大家さんに話がありましてね」

「え？」

「いや、話があるんですよ」

「じつはね、八っつぁん。あたしは昨夜《ゆうべ》から耳の調子がおかしくてさ」

「耳が？」

「昨日、孫が年始の挨拶に来たのさ。まだ、よちよち歩きなんだがな。それで、あたしが昼寝をしていたすぐそばで、太鼓を叩いたんだよ。どーんという凄《すご》い音だったよ。これが耳の中の膜をどうにかしたみたいで、ずーっと耳鳴りがしていて、よく聞こえなくなっちまったんだよ」

「そうですか」

「医者に診てもらったら、四、五日もすれば治るらしいんだけど、それでなんだい？」

「初夢ですよ、初夢」

「マツタケ？　マツタケくれるの？」

「こんな季節にマツタケができますか。夢ですよ、夢！」

大家の耳に口を寄せて、八五郎は怒鳴った。

「梅が咲いたの？　早いねえ。それで、咲いたのは、紅梅？　白梅？」

なにを言っても、ちんぷんかんぷんである。

「参ったなあ」

聞いてもらわないと、おっつけたことにはならないのだ。

大家も諦め、外に出て考えた。

「ほかに誰かいないかなあ。そうだ。同じ長屋の浪人者で山形三十郎《やまがたさんじゅうろう》さん。あの人ならいつも武士は食わねど高楊枝《たかようじ》なんて言ってるくらいだから、借金取りが押しかけるのも平気なはずだよ。山形さんがいいや」

と、山形の家をのぞいた。

「おう、八五郎ではないか。どうした？」

「あれ、山形さま。どうかなさいました？」

刀を二本差し、たすきがけに、鉢巻きまでしている。しかも、まなじりを決して、なにやら悲愴感すら漂っているではないか。

「む。いまから決闘におもむくところだ」

「決闘？　正月早々ですか？」

「さよう。昨日、八幡さまに元朝参りに行ったら、わしを猫の仇《かたき》と付け狙う男とばったり出会ってしまった」

「猫の仇？　なんですか、それは？」

「以前、住んでいた長屋の隣にいた浪人者でな、猫を飼ってかわいがっていたのさ。ところが、ある日、その猫がわしの家の前で死んでいた。口から食べたものを吐いたあとがあって、わしがなにかおかしなものを食わせたと疑ったのさ」

「食わせたので？」

「そんなむごいことをするか。だが、猫かわいさで凝り固まっていたそいつには言い訳は通用しない。ちょうど引っ越しもしたいと思っていたので、そこを出たのだが、昨日、ばったり会ったら、話がこじれて、決闘ということになった」

「ひぇえ。じゃあ、斬り合いをするんで？」

「うむ。斬り合いにはならぬだろう」

「刀を持って行くのに？」

「これは竹光《たけみつ》でな。相手も竹光というのはわかっている。せいぜい殴り合いというところだ。ま、わしとしては、猫の置き物でも買ってやって、慰めて終わりにするつもりだ。なにせ、お互い浪人者だし、意地を張るのもくだらないしな」

「そうですよ」

「だから、そなたの話を聞いている暇はない。じゃあな」

山形三十郎は出て行ってしまった。

八五郎は仕方なく家にもどった。

「ただいま」

「どうだった？　誰かにおっつけることができたかい？」

「それが駄目なんだよ。棟梁にはこっちの思惑を見破られ、そのあと大家と、そっちの山形三十郎さんのところに行ったけど、皆、事情があって、おれの話なんか聞いてはくれねえんだよ」

「弱ったねえ」

「だんだん夢の中身も忘れそうだよ」

「忘れるのはまずいよ。そのまま身体に取り込むことになるんだから。覚えているうち、きれいさっぱり吐き出さないとね」

「まいったなあ。あ、いた。熊のことを忘れていた」

熊吉は、同じ町内に住む八五郎の大工仲間である。二つほど年下で、大工の腕は八五郎よりも悪く、しょっちゅう仕事にもあぶれている。

かわいそうだが、あれくらいひどいと、逆に底を打って、上向きに転じるかもしれない。

「ああ、そうだね。熊さんなら悪い夢の一つや二つ、抱え込んでも大丈夫だよ。あれより悪くはならないんだから」

「よし。いまから行って来るよ」

四

「おい、熊」

近所の長屋を訪ねた。八五郎の家と同じく、九尺二間《くしゃくにけん》の狭い長屋で、もっと古ぼけている。

返事がないので戸を開けると、熊吉はこたつに足を入れたまま、横になっていた。こたつとはいっても、たぶん炭などは入っていない。前に、拾った割《わ》り箸《ばし》をこたつの中で焚《た》いているのは見たことがある。

「ああ、八兄《あに》ぃか。いま、寝てたんだよ」

「雑煮は食ったのか」

「いや。雑煮なんか食わねえよ。そもそも餅が買えねえんだから、雑煮なんか食えっこねえだろ」

「でも、そこに餅があるじゃねえか。白くて丸いやつ」

「それは、おからを丸めたやつだよ。餅みてえだなと思ってさ。それをかわりにかじったりするんだけど、うまくもなんともねえよ」

「なんだ、情けねえな」

たしかに家中を見回しても、餅のニセモノ以外に正月らしいものは、なに一つとして見当たらない。

「情けねえさ。それで、名前が熊だから、冬眠しようと思ってたんだ。春になったら起こしてくれよ。じゃあな、おやすみ」

「おい、寝ちゃ駄目だよ。起きて、年賀の挨拶をしなよ」

「なんで？」

「めでてえからだよ」

「めでてえ？」

「あれ、正月だぞ。めでたくねえのか？」

「なんで正月なんかめでてえんだよ」

熊吉は不思議そうに言った。

たしかに、あらためてそう言われると、なにがめでたいのかわからなくなってくる。大方、無事に新しい年を迎えられたというのがめでたいとかなんとか言うのだろうが、それなら無事に終わった大晦日だっておめでたい。無事に一日を終えた夜も、目覚めた朝もおめでたい。一年中おめでたい。

八五郎もわからなくなったが、

「ま、そう言うなよ。皆がめでてえ、めでてえと言ってんだから、いっしょになってめでたがっていればいいじゃねえか」

「そういうもんかね。ところで、用ってのは挨拶だけか？」

「いや、なに、今朝がた、おかしな夢を見たんでな。おめえに話して聞かせようと思ったのさ」

魂胆を悟られないよう、横のほうを見ながら言った。

「へえ。どんな夢？」

「お、聞いてくれるのかい？」

「話したいんだろ？　だったら、聞くよ」

「おめえっていいやつだな。なんだか聞かせるのが悪いような気がしてきたよ」

このまま熊吉を寝かせて帰ろうかとも思ってしまう。初夢がかならず正夢になるとは限らないだろう。富くじに当たった初夢を見て、本当に当たったという話など聞いたことがない。

「なに言ってんだよ。いいから、言いなよ」

「あのな、最初は道を歩いていたら、一分《ぶ》落ちてたんだよ」

「へえ、うまくやったな」

「夢だぞ」

「夢でもそりゃあいいよ」

熊吉は羨《うらや》ましそうに言った。

「それで行きつけの飲み屋に行ったのさ」

「兄ぃも、どうしてもそこだよな」

「そうなんだよ。われながら情けないんだけどな」

飲み屋なんかに行かなければ、夢の話ももっと違うほうに進んだかもしれない。それを持って、大山参《おおやままい》りにでも出かけていれば、借金の話になんかならなかったはずだ。

「どこの店に行ったんだ？」

「ほら、永代橋《えいたいばし》のたもとに〈あそこ〉っていう飲み屋があるだろ。おれの行きつけなんだよ」

そこは本当に行きつけの店で、夢にまで出てきてしまった。

「兄ぃは、あんな店に行ってんの？　あんな〈あそこ〉なんて名前の店によく入る気がしたよな。しかも、あそこの女将《おかみ》ときたら、大福に白粉《おしろい》をかけたような女だぞ。ただ、白いだけ。目も鼻も口も見分けるのが難しいくらいだ」

「知ってんじゃねえかよ」

「おれは、行きつけってほどじゃないから」

「また、どういうわけか、元日だってのに店を開けてやがんだ」

「そりゃ、夢だからだよ。ほんとの世の中では、飲み屋なんか店を開けてたりしねえよ」

「酒を頼み、うまそうなおでんも頼んで、さあ、一杯と口をつけようとしたそのときだよ。そういえば、八っつぁん、ときやがった」

「そういえばは、やだよな」

「やだよ。そういえば、のあとに、いい話があったためしがねえよな。案の定、こうだ。そういえば、八っつぁんには、まだ支払いの終わってねえ分があるときたもんだ」

「ははあ」

「いくらだと訊けば、二分だって言いやがる。さっき拾った一分を出して、これでおまけしてくれと言ったら、とんでもねえって言いやがる」

「まあな」

「ここまで持ってきてた酒をすっと取って、おでんの皿もさっと下げて、後ろからはがいじめにしやがった。それで、ほかにもあった小銭も取られたうえに、これじゃ足りねえ、もっと寄こせと」

「おやおや」

「おれはそこから飛び出し、走って逃げたんだよ。一分拾って喜んでいたのは束《つか》の間、わずかにあった銭まで取られてすっからかんだよ」

「そういう夢か」

「いや、まだつづきがあるんだ。走って永代橋を渡り、屋台のそば屋に入ったのさ。するとここでも借金の催促だ」

「なんでまた屋台のそば屋に？」

「酔っ払ったあと、いつもここで金もないくせにそばを一杯食って帰っていたらしいんだよ。まったく夢の中にせよ、おれも自分で呆《あき》れちまうよ」

「聞いてると、夢だかほんとの話だか、わからなくなってくるよ」

「それで、いま、金を持っていねえと逃げ出したら、熊井町の角のところで、金魚屋のおやじと会ったんだ」

「兄ぃは金魚が好きだからなあ」

「それで、そのおやじが、この前、買っていった半金金魚の代金一両を払えと言いやがったのさ」

「半金金魚？　なんだい、そりゃ？」

「身体の半分が金色で、もう半分が真っ赤というめずらしい金魚がいるんだよ。たしかに一両くらいするやつで、おれも欲しいなとは思うが買えやしねえ。ところが、夢の中では買っちまったんだな。まったく、馬鹿なおれだよ」

「ほんとだな」

「もちろん払えるわけがねえ。またまた、おれは逃げ出した。もう、こうなったら止まらねえんだよ。湯屋から饅頭屋《まんじゅうや》から、寿司屋に天ぷら屋、床屋に易者……」

「易者なんて観《み》てもらってるのかよ」

「そう。観てもらうと、つくづく自分が運のない男だとわかるぜ。おめえも観てもらえ」

「なんだよ」

「とにかく、町中の者がおれを追っかけ始めてな。恐いの恐くないのって。助けてくれえと喚《わめ》いているところで目が覚めた」

「へえ」

「とにかく、参ったね。でも、おめえに話したら、なんかすっきりしたぜ」

「そりゃあ、よかった」

「ああ、聞いてくれて、ありがとよ」

ほんとに熊吉はいいやつだと思う。

「じゃあ、お返しと言っちゃなんだけど、おれも兄ぃに、さっき見た夢を教えるけどさ」

「え？」

「百人の貧乏神がおれに取り憑《つ》きやがってさ」

「しまった」

と、思ったときはもう遅い。

百人の貧乏神が、熊吉からこっちにどかどかっと……。

第六席　釘三本

一

黒獅子《くろじし》神社の神主のところに、表通りで菓子屋を構える野原屋《のはらや》の内儀が大きな身体《からだ》を揺さぶりながらやって来て、

「まあ、聞いてくださいよ、神主さん」

と、始まった。ここの神主は調子のいいところがあって話しやすいらしく、近所の者がよく愚痴をこぼしに来るのだ。

「ああ、何でも聞いてやるよ。いまどきの若者についての不満だろうが、黒船の対応についてのお上《かみ》への疑問だろうが」

「そんなものありませんよ。いえね、うちの人のことなんですが」

「ああ、あんたもか。女の話のほとんどは、亭主の悪口だからな」

「ほら、うちの人の妾《めかけ》」

「ああ、おせんといったかな。そこの一軒家に住まわせてるんだろ」

神社のわきにある、小さいが洒落《しゃれ》た造りの家である。若い娘が「こんな洒落た家に住めるなら、お妾でもいい」などと話しているのも、神主は聞いたことがある。

「ええ。そのおせんが最近、これ見よがしにうちの店の前を歩くんですよ。あたしに新しい着物を見せつけながら」

「着物を？」

「もちろん、うちの人が買ってやったに決まってますよ。派手な着物。金魚が踊りをおどっているんです。こんな恰好《かっこう》して」

と、金魚がおどる姿を真似《まね》して見せた。

「それは国芳《くによし》の金魚の戯画を柄にしたものだよ。あれはかわいい柄だ。なかなかいい趣味じゃないか」

「どこがですか。あんな柄の着物、買うほうも買うほうですよ。あら、小《こ》かんさん、ありがとう」

野原屋の内儀は、お茶を運んで来た神主見習いに声をかけた。まだ十歳になったばかりで、幼さが残っているが、それでも利発そうな顔をしている。

「小かんさんてこいつのことかい？」

神主が訊《き》いた。

「お寺は小坊主って言いますでしょ。だから、こちらは小神主。略して小かんさん。皆、そう言ってるわよ」

野原屋の内儀がそう言うと、知っているというように小かんはうなずいた。

「皆が言ってるならしょうがないか。それで？」

「とにかくおせんの憎らしいこと」

「なかなかかわいい顔をしているようだがな」

「顔はね。でも、心は駄目。ゴミの山が崖崩れを起こしたみたいに、ぐじゃぐじゃ」

「そんなにひどいのか」

「だいたい顔のきれいな女に、心のきれいな女はいませんよ。昔から言いますでしょ。顔のきれいさと心のきたなさは天秤《てんびん》でつり合うって」

「いやあ、聞いたことないけどな」

「しかも、納得いかないのは、妾のほうが本妻より年上ってこと」

「え、そうなの？」

神主は信じられないというように目を見開いた。

「そうですよ。神主さん、あたし、いくつだと思ってたんですか？」

「四十五くらい？」

ほんとは五十くらいに見えるが、お世辞で五歳若く言った。

「失礼ね。あたし、まだ、二十五ですよ」

「あ、そうなの。大店《おおだな》の女将《おかみ》の貫禄ってやつかな。あは、あは、あは」

神主は苦しそうに笑った。

「あたし、今晩こそは決着をつけようと思っているんです」

「決着ってなんだい？」

「こちらの境内《けいだい》をお借りして、例の丑《うし》の刻参りをやりましてね、藁《わら》人形をあのおせんに見立て、五寸釘《くぎ》を打ちつけてやろうと思うんです」

「え？　相手はおせんなのかい？　旦那じゃないんだ」

「そりゃそうですよ。うちの人は騙《だま》されているだけなんですから」

「旦那が？」

「だいたいが、うちの人はあたしみたいなぽっちゃり型が好きだったんですよ」

「ん、まあ、相撲も好きだしな」

両国で相撲興行が始まると、仕事そっちのけで駆けつけていることは、ここらの人は皆、知っている。

「うちの人のおっかさんというのがまた、若いときに女相撲で鳴らしたくらいの人でしたからね」

「あ、そうだよな。生前、ここにもお参りに来てたよ。四股名《しこな》を〈牛乃乳《うしのちち》〉と言ってな、まあ立派な体格だったよ」

「だから、子どものときから肥《ふと》った女が好きなんですよ。それを、なにを血迷ったのか、あんながりがりの痩せたヘビみたいな女を」

「でも、あのなよなよっとした柳腰がいいんじゃないの？」

神主がうっかりそういうと、野原屋の内儀はカッと目を見開いた。

「神主さんまでそんなこと言うんですか！」

「いや、別におせんの肩を持つつもりはないよ。ただ、近ごろ多いんだよ。朝、境内を掃除してると、そこらじゅう藁人形だらけなんだ」

それは嘘《うそ》ではない。藁人形たちの戦でもあったのかと思うくらい、あちこちの木の幹に藁人形の死体が打ちつけられている。

「すみません。でも、止めないでください」

「いや、止めやしないけどね。だったら、境内の西側にある銀杏《いちょう》の木でやっておくれ。東側でやられると、うるさいって文句を言われたりするんだよ」

「わかりました」

野原屋の内儀は、肩をいからせながら帰って行った。

二

それからしばらくして――。

「神主さん、聞いてくださいよ」

そう言って現われたのは、歳《とし》のころなら二十七、八。生きながら幽霊になったんじゃないかと思えるくらいの、色白でほっそりした美人。あともう少し痩せたら、立っていられずにとぐろでも巻いてしまうのではないか。

「おや、おせんちゃんじゃないか。どうしたい？」

「うちの旦那」

「うん。野原屋の旦那」

「あの人、おかみさんに叱られたみたいで、ここんとこさっぱりご無沙汰《ぶさた》なんですよ。寂しいのなんのって」

もじもじしながらそう言った。

「寂しいのはいけないな。わたしが遊びに行ってあげようか？」

「神主さんが？」

「うん。夜中でも、明け方でも」

「いえ、それはけっこうです」

おせんは怯《おび》えたような顔をした。

「どうしてだい。いいじゃないか」

「旦那に言われているんです。おれのいないときに男を家に上げてはいけないって」

「でも、寂しいのは駄目だよ。寂しくしてると、神さまも来てくれないよ」

「そうなんですか？」

「そりゃそうだよ。だから、神さまに来てもらいたくて、皆、にぎやかにお祭りや縁日をやったりするんじゃないか」

「なるほどね」

「寂しいところが好きなのは幽霊だけだよ。行っちゃうよ、おせんちゃんの家に、こういうやつが」

と、神主は両手をだらりと、胸の前に下げてみせた。

「嫌だあ。だったら、そういうときは小かんさんに来てもらいます。ね、小かんさん、お願いいね」

「はい、喜んで」

小かんがそう答えると、神主はひどく嫌な顔をした。

「それに、あの旦那って、約束したものも買ってくれないんですよ」

「約束したもの？」

「ここの前の店で売ってたんです。黒水晶の招き猫。すっごくかわいかったんです。

それで、旦那に買ってよっておねだりしたら、ああ、買ってやるよと軽く引き受けてくれたんです」

「ふむふむ」

「それで、なかなか届かないから、昨日、道ですれ違ったとき、招き猫って言ったら、忙しそうに走りながら、ああ、買った、買ったって。いま、加賀《かが》さまとの商いの件で、それどころじゃないからって」

「加賀さまのな」

「口ばっかしなんです。憎いのなんのって。あたしは、ほんとは決まりかけていた縁談があったんですよ」

「そうなの？」

「そうですよ。角のうどん屋さん。あたしを嫁にもらいたいって。おせんちゃんのような白くて細い人なら、うどん屋の嫁にぴったりだ、まるで歩く看板のようだと、両親も気に入ってくれてね。それをしつこくかき口説かれて、あの人の妾になったのに、なったら釣った魚に餌はやらないってやつですよ」

「あの旦那は男っぷりがいいからな。吉原《よしわら》あたりでもててるんじゃないのかい？」

「もてませんよ。あんなケチな人。もう今晩こそは、あの旦那を藁人形に見立てて、五寸釘をぶちこんでやりますから」

「え、おせんちゃんも？」

「止めないでください」

「そりゃあ、止めはしないがね」

神主は妙に嬉《うれ》しそうにうなずいて言った。

「それじゃあ、西側がふさがっているので、神殿の裏にある杉の木を使っておくれ」

三

さらにすこしして——。

野原屋の旦那が暗い顔をしてやって来た。顔立ちがいいから、沈んでいても愁《うれ》いのあるいい男に見える。

「どうしたね、野原屋さん？　深刻な顔をしてるじゃないか？」

神主が訊いた。

「女房のやつ、やいのやいのとうるさいのなんのって、あたしゃ疲れ果てましたよ」

「旦那はもてるから、内儀の愚痴も多くなる。それはしょうがないよ」

「そんなにもてやしませんて。だいいち、ほんとにもてたらあんなのを女房にしていませんよ」

「でも、お内儀は言ってたよ。あの人は、あたしみたいなぽっちゃり型が好きだったんだって」

「ああ、ぽっちゃりはね。でも、あれはぽっちゃりとは言わないでしょ。あれは、でっぷり、いやもっとひどい、どっかりでしょう」

「ぷっ、どっかりかい」

神主はあまりにぴったりの言いように、思わず噴き出した。

「あれはあたしのところに嫁に来て、たった三月《みつき》でいっきに五倍くらい肥りましたからね。食うわ、食うわ。実家にいるときは、あんまり食べ過ぎないよう、杭《くい》につながれていたんだそうです」

「それじゃ家畜だよ」

「それくらい食うんですよ。おかげであたしは、できるだけものを食べない女に好みが変わったんです」

「でも、旦那のおっかさんだって、いい体格してたじゃないか。生前はうちの神社にもよくやって来て、そこで四股踏んだりしていたよ」

「あれが限度でしょう。あれを超えたら駄目でしょう。人間という枠からはみ出てしまいますから」

「うーん。そう言われてみると、そうかな」

「ふつうの着物じゃ前が合わないんですよ。前が三尺くらい開いちゃうんですから。着物着ていてへそが見えるって、それは駄目でしょう」

「へえ、そう」

「つまんない洒落言ってる場合じゃないでしょう。帯だって、一巻きがやっと。結べないから、縫いつけて輪にしたものを上からかぶってるんですよ」

「そうなんだ」

「肥るのにも限度ってのがあります」

「確かにな」

「しかも、あいつのせいで決まりかかっていた商いも駄目になりそうなんですから」

「ええ。じつは加賀さまで今度、御婚礼の式がありましてね。うちはそこに、お膳につける生菓子と、引き出物にする羊羹《ようかん》の注文をもらっていたんですよ」

「ああ、わたしも当日はうかがって、祝詞《のりと》を上げさせてもらうことになってるよ」

「なんせ、三百人も列席者があるという盛大な式ですからね。ところが、あの馬鹿野郎が『うちは夫婦仲が良くなくて』などとぬかしたみたいなんです。そしたら、野原屋の甘いものは縁起が悪いと、注文を取り消されちまったんです」

「あ、そうなのか」

「あんな女房の悋気《りんき》を背負っていたら、あたしはお終《しま》いです。でも、とてもこの手であいつをどうにかするなんてことはできません。一突きであたしは土俵の外までふっ飛びますからね。ですから、神さまの力を借りるしかないと思いましてね」

「まさか、あんたまで、丑の刻参りをしようなんていうんじゃ？」

「そうです。それしかありませんでしょう」

「呆《あき》れたな」

「いや、止めないでください」

「商いもかい？」

「止めやしないけど。そうか、それじゃあ、今夜は西と北がもうふさがっているので、東側にあるケヤキの木を使っておくれ。そのかわり、ちょっと静かに釘を打ってもらわないと駄目だよ」

「わかりました」

どうにか、三人がまともに顔を合わせることは避けられそうである。

四

野原屋の旦那を鳥居のところまで見送った小かんは、

「恐ろしいことになったなあ」

と、身体を震わせた。

「やっぱり、お寺で小坊主してたほうがよかったかなあ」

小かんはついひと月前まで、深川の全満寺《ぜんまんじ》という寺で小坊主をしていたのである。

だが、将来はお坊さんになるより神主さんになったほうがいいのではと悩み、南念《なんねん》和尚《おしょう》に相談したら、この神社を紹介してくれたのだった。

「若いうちはいろいろ拝んでみて、自分に合ったものにしたらいいさ」

南念和尚はそう言ってくれた。

やけに太っ腹なところもあれば、お金にうるさいところもあったりして、おかしなお坊さんなのだ。

お寺のなにがつらかったかというと、やはり薄気味悪いところだった。

先輩の小坊主に聞いたところでは、幽霊はしょっちゅう出るらしい。

じっさい、小かんも何度か見かけていた。鎧兜《よろいかぶと》をつけ、身体中に矢が突き刺さった人が歩いていた。

井戸の中に、すうっと降りていった若い女の後ろ姿も見た。

腰を抜かすくらい驚いたが、先輩の小坊主は、

「そのうち慣れるさ」

と、言った。

「慣れる?」

「ああ、幽霊を見ても、なんとも思わなくなる。向こうだって、こっちが怖がったりしなければ、なんにもしない。ただ、幽霊の暮らしを営んでいるだけさ」

まるで、ごく当たり前の口調である。

しかも南念和尚などは、夜中にやって来た幽霊と、朝方までずっと話し込んだりしていた。

だが、小かんは耐え切れなかった。

お寺には広いお墓というものがあった。そこの草むしりや掃除も嫌だった。

その点、神社にはお墓がない。墓石の陰に誰か隠れているような気がして、怯えたりすることもない。

小坊主は頭をつるつるに丸められるが、神主見習いはちょん髷《まげ》を結っていてかまわない。これも神社のいいところだ。

しかも、女人禁制のお寺と違って、神社には巫女《みこ》さんがいる。このあいだは、巫女さん見習いの女の子が話しかけてきた。かわいい子で、ろくに返事もできなかったが、嬉しかった。

そんなふうに神社に来てよかったと思っていたところが、丑の刻参りなどというとんでもないものが出てきたのである。

神主のところにもどると、小かんは、

「おかしなことになりましたね」

と、言った。

「そうか？」

「だって、野原屋のおかみさんがお妾を呪い、お妾さんは野原屋の旦那を呪い、旦那はおかみさんを呪う。三すくみってやつですよ」

「誰がヘビで、誰がガマで、誰がナメクジだろうな」

「そんなこと言ってる場合じゃないですよ。いったい、どうなるんでしょう？　ばたばたと、三人がつづけざまに死んでしまうんでしょうか？」

「あっはっは。どうにもなりゃしないよ」

神主は、鼻でせせら笑った。

「どうにもならないんですか？」

「だって、このへんのやつらがうじゃうじゃ来てるだろ。誰それ、死ねとか言って藁人形に五寸釘を打ちつけてるけど、ここらで死んだやつなんかいないぞ」

「たしかにそうですね」

「このあいだも、油屋の番頭の清蔵《せいぞう》、あれが上野の芸者に恨まれて、夏じゅう藁人形に五寸釘を打ちつけられていたんだ」

「清蔵さんは松本幸四郎《まつもとこうしろう》にそっくりですからね。もてるんですよ」

「でも、清蔵は呪いがかかるたびに元気になって、このあいだなんか、安房《あわ》まで商談に行き、もどりは江戸湾を泳いで帰って来たくらいだ」

「凄《すご》いですね」

「五寸釘のことを言ったら、あんなもの、鍼《はり》治療みたいなものでしょう、どうせならツボに打ってくれって」

「鍼治療ですか」

「それくらいだから、丑の刻参りなんか効くわけがないのさ。あんなものが効いたら江戸中、死人だらけだよ。また、やるほうもああやって五寸釘を打ちつければ、ずいぶん気も晴れるんだよ」

「気晴らしなんですか」

「そう。これも神社の役目と思えばいいのさ」

「だったら、今宵《こよい》も好きにやらせておくんですか？」

「うん。だが、どうなるのか、ちょっと気になるな」

「では、神殿の中に隠れて、どういうことになるか見守るとするか」

「そうしましょう」

小かんは嬉しそうにうなずいた。

「そうでしょう」

五

丑の刻参りというのは、丑の刻（午前一時から三時）あたりに、神社の木に藁人形を五寸釘で打ちつけ、相手を呪い殺すという恐ろしい呪術である。

かなり古くからおこなわれ、源平合戦のころ、すでに方法は完成していたらしい。

藁人形に五寸釘というだけでも怖いが、このときの恰好がまた、恐ろしい。白装《しろしょう》束《ぞく》を着て、頭に五徳《ごとく》という鉄の台を逆にかぶり、この足に火のついたろうそくを立てるのである。

つまり、頭の上で火が燃えている状態で、ときどき火の粉《こ》が落ちたりすれば、髪の毛が燃え上がるという、そっちのほうも怖い。

これに一本歯の下駄《げた》を履き、誰にも見られないようにして、そうっと神社にやって来る。

まずは神殿に一礼し、賽銭箱《さいせんばこ》にお金を投げ込む。

「来ましたよ、神主さま。野原屋のおかみさんがいちばんです」

「ほんとだ、怖いな。目なんか吊《つ》り上がっちゃって、あのお内儀のほうが呪いよりよっぽど怖いよ」

「でも、お内儀さん、気前いいですね。二分銀《にぶぎん》を賽銭箱に入れましたよ」

「うん。ああいう人の願いは叶《かな》えてやりたいな」

「あ、次におせんさんも来ました」

ただでさえ痩せて風に流されやすいのに、一本歯の下駄だから、ふらふらと海の中のわかめのようにやって来た。

「ああなると、せっかくの美人も台無しだな」

「おせんさんの賽銭は、一文銭を数枚というところでしたね」

「しょうがないか。旦那のお手当てで食ってるんだから」

神主はおせんに甘い。

「ほらほら、野原屋の旦那さまも」

「あ、賽銭も上げずにケヤキの木のところに行っちゃったよ。おせんが言ってたように、あの旦那はほんとにケチなんだなあ」

それぞれが言われていた木の前に立ち、藁人形に五寸釘を打ちつけはじめた。

「おせんのやつ、あたしに着物を見せびらかしやがって。金魚の柄なんか着てるんじゃない！　お前なんか死ね」

野原屋の内儀は銀杏の大木に向かい、大きく金鎚《かなづち》を振り上げて、藁人形に五寸釘を打ちつける。

こーん。

といういい音が境内に鳴り響いた。

同時に、神殿の裏手の杉の巨木の前ではおせんが、

「買ってやる、買ってやるって口先ばかりのあんな旦那なんかもう嫌いだ。嘘つきは死んじまえ！」

と、五寸釘を打った。

境内の東側のケヤキの木の前では、

「商売の足を引っ張る女房のやつ、死ぬがいい」

野原屋の旦那が五寸釘を打つ。

闇夜の境内のそちらこちらで、ろうそくの火を頭の上で燃やした白装束の人たちが、呪いの言葉をわめき散らしている。また、今宵は丑の刻参り日和とでもいうのか、月は雲に隠れて空は真っ暗、雨はないが、生温かい風が木々を揺さぶって強く吹いている。

その恐ろしさといったら！

「始まりましたよ、神主さん」

「ああ、やはり恐いものだな」

「凄いですよ。恨みつらみがびしびしと伝わってきます」

こうして成り行きを見ていた二人だったが、

「ううっ」

神主が急に胸を押さえてうずくまった。

小かんが小さなろうそくで神主の顔をのぞき込むと、真っ青で脂汗をたらたらと流している。

「どうしたんですか、神主さん？」

「急に、胸の真ん中に鋭い痛みが！　これはいったいどうしたんだ！」

「しっかりしてください。神主さん」

「く、苦しいっ」

神主は倒れ、なんとそのまま息を引き取ってしまったではないか。

「神主さんが死んじゃったよぉ！」

小かんの泣き声が境内に響き渡った。

それまで藁人形に五寸釘を打ちつけていた三人も集まってきた。

ここでようやく、三人はお互いに気がついた。

「あ、お前、なんだ、その恰好は？　あれ、おせんまでも」

「お前さんまで丑の刻参り」

「おかみさん、あたしを殺そうとしていたんですね」

お互いの恰好を見て喧嘩《けんか》がはじまりそうになったが、

「待て、待て。それより、神殿の中でなにかあったみたいだぞ」

と、野原屋の旦那は二人をなだめた。

「小かんさんが泣いているみたいよ。小かんさん、どうしたの？」

おせんが神殿の中に声をかけた。

「神主さんが死んでしまったんです」

「えっ」

恐る恐る戸を開けると、本当にこの神社の神主が倒れているではないか。

「どうしたんだ、急な病かい？」

野原屋の旦那が訊《たず》ねると、小かんは首を横に振り、

「いいえ。皆さんの五寸釘の効き目だと思います」

「なんで神主に効くんだよ？」

「じつはですね、皆さんのお悩みはうちの神主さんによるところが大きいんです」

「どういうこと？」

「おせんさんが着てた着物、あれ、誰にもらいました？」

「あれはここの神主さんが。いらないって言ったのに、無理やり押しつけられて」

おせんがそう言うと、野原屋の内儀は目を丸くした。

「そうなの。あんな趣味の悪いもの、てっきりうちの人があげたのかと思ったわ」

「おいおい」

野原屋の旦那は苦笑した。

「旦那さん。黒水晶の招き猫はどうしました？」

「買って、いま忙しいから、おせんを見かけたら渡してくれって、神主に頼んでおいたよ」

「え、もらってないよ」

おせんが文句を言った。

「それは神主さんが預かったままなんです。横恋慕《よこれんぼ》が叶うようにと、毎日、熱心に拝んでました」

と、小かんが訳を説明した。

「ひどいやつだなあ」

野原屋の旦那もあきれてしまう。

「加賀さまのご婚儀の席のお菓子のことですが、おかみさん、『うちは夫婦仲が良くない』なんておっしゃいましたか？」

「言うわけないでしょ、大事なお得意さまにそんなこと」

「え？　じゃあ、誰が？　まさか、それも？」

野原屋の旦那は小かんを見た。

「はい。それを言ったのは神主さんでした」

「なんてことだ」

「それなのに、皆さん、勘違いして、間違った相手を呪っていたわけです。でも、神さまはちゃんとご存じで、その呪いを正しい相手に向けてくださったのでしょう」

小かんはそう言って、神殿の正面に深々と一礼した。

「でも、ほんとに効くのかい？　こんなもの、気晴らしのつもりだったんだけどな」

野原屋の旦那がそう言うと、

「あたしも」

おせんはうなずき、

「あたしだってほんとに死なれたら困るわよ」

野原屋の内儀も言った。

やはり、三人とも似たような気持ちだった。丑の刻参りなんて、ほんとに呪い殺せるはずがない。だが、やらないと気が収まらない。せいぜいそんなところで、それは神主が言ったとおりだったのである。

「神主さまは油断しました」

小かんがつぶやいた。

「どういうことだい？」

野原屋の旦那が恐々《こわごわ》と訊いた。

「だから、あれですよ、毛利元就《もうりもとなり》の教えといっしょ。三本の矢って三ついっしょにしたら折れないんでしょ」

「うん」

「五寸釘の呪いも三本合わせたので、矢のようになって胸に突き刺さりました」

第七席　犬のちんや

一

「紙屑《かみくず》はありませんかぁ？　捨てる紙屑があったらいただきますよぉ」

紙屑屋の長六《ちょうろく》は、慣れない大声を張り上げた。なったばかりで、まだこの商売に慣れていない。江戸では紙屑を燃やすなんて勿体《もったい》ないことはしない。集めて漉《す》き直し、また紙をつくる。その紙屑を、天秤棒《てんびんぼう》に下げた籠に入れて集めて回る商売である。

この前までは出版の版元をしていた。おやじのあとを継いで三年しかもたなかった。親戚筋からは、

「地味に手習いで使うような往来物《おうらいもの》をつくっていればよかったのだ。当たりはずれの大きい黄表紙《きびょうし》なんかに手を出すからだ」

と、さんざんなじられた。

そうかもしれない。なまじ〈天保《てんぽう》の蔦屋重三郎《つたやじゅうざぶろう》〉をめざしたのが失敗だった。大売れをめざして三月《みつき》連続で出した『吉原《よしわら》お化け遊び』という黄表紙が大失敗だった。出てくるのがお化けの花魁《おいらん》ばっかり。着想はよかったのだが、絵が気持ち悪すぎた。あれでは笑えない。

売れないわ、はしばしでお上《かみ》を愚弄していると奉行所から呼び出されるわで、たちまち倒産とあいなった。

刷った本がぜんぶ紙屑になって、あげくは紙屑屋である。若旦那と呼ばれていたころ、遊んでばかりいたので、商売の基礎が身についていない。天秤棒をかついで回るしかできなかった。借金のため、代々の土地や家作も手放しての長屋住まい。飯を食っていくには一生懸命働かなければならない。

店がつぶれたら女房も逃げた。苦しいときは支えようというのが女房の心意気だろうに、あっという間に逃げた。逃げ足の速いことといったら、長六も呆《あき》れ返るほどだった。

あんな女でも、いなくなると寂しいというのがまた情けない。

——あーあ、寂しいなあ。

「落ち込んでいるときは、なにをやっても駄目になる。そういうときは、猫とか犬を飼うといいぜ」

古い友だちから勧められた。たしかに猫はかわいいと思うが、猫を抱くとくしゃみが出て止まらなくなる。

犬はそこらに野良犬がいっぱいいるが、相性が悪いのか、しょっちゅう噛《か》まれる。

——生きものの縁だしな。

とくに探したりはしなかった。

長六は天秤棒をかついだまま、浅草の雷門のところまで来て、それから左のほうへ回った。家はここからそう遠くない。

途中で長六の足が止まった。

通りに面した店が格子の窓になっていて、その中に奇妙な生きものが数匹入っていた。そのうちの一匹が、長六を見ると格子のあいだから手を出し、嬉《うれ》しそうに尻尾《しっぽ》を振っているではないか。

「なんだ、こいつ。かわいいなあ」

目が丸く、鼻がつぶれている。毛の色も白と黒がまだらになっている。こんな生きものは見たことがない。

店の主人らしき男が出てきたので、

「これ、犬？　猫じゃないよね？」

と、訊《き》いた。

「犬だよ」

「混じりっけなしの犬じゃないだろう？　狸《たぬき》とのかけ合わせ？」

「犬と狸じゃ、仔《こ》は生まれねえよ」

「こんなかわいいやつ、つぶして食うんだ？」

「つぶすって誰がつぶすんだよ？」

「あんたが」

「人聞きの悪いこと言うなよ」

「それで夜中にそうっとももんじ屋に卸してる。ももんじ屋はそれで、味噌仕立ての鍋にして食わせてる」

「食わせてねえよ」

「食いものじゃないんだ？」

「猫だって食わねえだろ。これもかわいがるだけだよ」

「ここ、犬屋なの？」

「うちはちんやっていうんだよ」

あるじは上を指差した。看板に〈ちんや〉と書いてある。

ちなみにこのちんや、明治以降はすき焼きの店になり、いまも浅草雷門のそばに現存するが、もちろん肉はちゃんとした牛肉である。

「ちんや？　ぷっ」

「なんだよ、変なものといっしょにするなよ。狆《ちん》を専門に売ってるから、ちんやっていうんだぞ」

「ああ、これが狆かい。かわいいなあ」

名前は聞いたことがあるが、見るのは初めてである。

不細工といってもいい顔なのだが、なぜかかわいらしく見える。

「こんなにかわいいなら、あたしも買おうかな」

長六がそう言うと、あるじはじろりと長六を見て、

「悪いが、あんたには無理だな。買えないいし、飼えない」

「なんだよ。かえないいし、かえないって」

「高くて買えないいし、餌代がかかって飼いつづけられないっての。この犬を飼ってるのは、もっぱら大名の妾《めかけ》、大店《おおだな》の内儀あたり。あとは売れっ子の芸者が贔屓《ひいき》の旦那に買わせてるくらいで、ふつうの稼ぎのやつには縁がないのさ」

「そんなに高いんだ？」

「一匹五両」

「五両！　犬が？　そりゃあ、べら棒だ。ぼったくりだ。詐欺だ。そんな商売してたら、あんたの店もつぶれるな。気がついたら、天秤棒をかついで紙屑拾ってるよ。ざまあみやがれ」

「なんだよ」

店のあるじは長六の剣幕に気味が悪そうに一歩下がった。

「犬が五両ってあんまりだ。じゃあ、もし、あたしに値段をつけて売るとしたら、あ

んた、いくら値をつける？」

「おめえさんを？　下男として使うってことで？」

「まあ、そうだな」

「せいぜい一両五分ってとこだろう。それも〈よく働きます〉と札でもつけてだぜ」

「一両五分？　あたしは犬より安いんだ。悲しいなあ」

長六はいじけたような顔になり、うつむいて何度か洟《はな》をすすった。

「泣くなよ。おれも、あんたの気持ちはわからなくもないがね」

ちんやのあるじもひどい男ではないらしく、長六の肩を叩《たた》いて慰めた。

「あんたもそれならいくらでも儲《もう》かるわな。犬なんか一度のお産で五匹や六匹は産むんだから、どんどん仔をつくって育ててやればいいじゃないか」

「そんな簡単なもんじゃないね。世の中に、狆を飼おうなんて人はそれほどたくさんいるわけじゃないんだよ。金持ちの酔狂みたいなもんだ。だから、いっぱい産ませたって、次々に売れるわけじゃない」

「安くしたらどう？」

「安くすれば売れるってもんじゃない。逆に高いから、飼っているのが自慢にもなるんだ」

「なるほど。見栄も満足させてくれるのか」

「餌代だって大変なんだ。こいつらには、残り飯なんか食わせてないよ」

「なに食わせてるの？」

「魚はまぐろの赤身、軍鶏《しゃも》の肉、それと鴨《かも》ってとこかな」

「贅沢《ぜいたく》なやつだなあ」

長六の朝飯は玄米に納豆をかけたもの。昼飯はそれを自分で握ったものだった。白米のほうがうまいに決まっているが、玄米のほうが腹もちがいいし、どうやら身体《からだ》にもいいらしいので、ひと月前から搗《つ》かずに食べている。

それを思ったらみじめな気持ちになって、〈ちんや〉の前をあとにした。

二

最初は、「犬のくせに、なにがまぐろの赤身だ、軍鶏の肉だ」と憤ったが、かわいいものはかわいい。夜中に目をつむったら、あの狆の顔が思い浮かんでくる。

——家に帰ったとき、あんなのがいたらいいだろうなあ。

お帰りと言わんばかりに跳ねまわり、手やら顔やらをぺろぺろ舐《な》めてくれるのだ。

長六は、翌日も仕事の帰りにちんやへ寄ってみた。

昨日の狆は、今日も長六を見るとそばに来て、手を出し、尻尾を振って、抱かれたそうにする。

「よう、元気だったか。今日も買い手はつかなかったのか？」

格子の中の数が一匹少なくなっている。たぶん、昨日買いたそうにしていた客がいたので、あのあと売れてしまったのだろう。

「よしよし。大丈夫だ。そのうち、いい買い手が見つかるよ」

狆はしきりに長六のたもとに鼻を近づけようとする。

「なんだよ？　あ、これか？」

たもとに入れていた干し芋の匂いを嗅《か》いだらしい。今日の昼飯にするため持っていたのだが、食べ切れなかったのだ。

「だって、おめえはまぐろの赤身だの、鴨の肉だのしか食わねえんだろ？　こんなものは貧乏人が食うものだ。おめえみてえな若さまだか、お姫さまだか……」

長六は狆の股をのぞいて、

「若さまが食べるもんじゃないよ」

それでも狆は欲しがるようなので、店のあるじの目を盗み、そうっと干し芋をやった。なんと、うまそうに食べるではないか。

「なんだよ、食うじゃねえか」

人間が勝手に贅沢をさせているだけで、こいつらは別にほかの食いものでもかまわないのではないか。

「まさか、煮干しは食わねえよな」

長六は籠にくりつけておいた袋から煮干しを出した。これはおやつがわりに食ったりする。

ところが、これもおいしそうに食べた。

「なんだよ。煮干しを食うんだったら、おれだって餌代が出せないことはないだろうよ。あとは五両を貯《た》めるだけか」

「くぅん」

そうだよ、と言ったように聞こえた。

「おめえもなんか名前が欲しいよな。あたしがつけてあげようか？」

「わん」

「そうだな。あたしは長六ってんだが、おめえは狆七《ちんしち》ってのはどうだ？　半七《はんしち》って名の有名な岡っ引きもいるぞ」

「ううぅ」

「なんだ、狆七は嫌なのか。それじゃあ、おめえは、目をひんむいたみたいなつらつきが、歌舞伎の団十郎《だんじゅうろう》みたいだぞ。でも、団十郎はまずいよな。贔屓筋に怒られちまう。狆十郎ってのはどうだ？」

「わん、わん」

なんだか気に入ったみたいである。

格子のはしのほうでそんなことを話していると、ちんやのあるじが声をかけてきた。

「なんだよ、あんた、また来たの？」

「悪いかよ。ここは通り道なんだよ」

「あんまり来られちゃ困るなあ。それに情が移ると、かえって切なくなるぜ。どうせ買えっこねえんだから。あれ？　こいつ、なついちゃってるじゃないの」

長六の指を舐めたり、甘噛みしたりしている。

「妙に気が合ったみたいでさ」

「ははあ、あんた、狆がかわいいんだ？」

おやじはからかうように長六を見た。

「かわいいよ。誰だってそうだろう？」

「それがそうでもないのさ。同じ犬をかわいがるのでも、柴犬みたいに凛々《りり》しくて、端整な姿かたちの犬を好きな人のほうが多いんだよ。よく見れば狆なんざ不細工なんだぜ」

「ああ、そうだな」

「それがかわいいと思うのは、たいがい心に鬱屈を抱えているのさ。ま、要は寂しいんだろうな。それで不細工な犬がちょろちょろ動きまわるのが、なんだか自分を見ているみたいで、胸がきゅんとなっちまうんだ」

あるじはなかなかうがったことを言う。

――そうかもしれねえな。

長六も納得した。

「じゃあな、狆十郎」

「おい、名前つけるなよ」

おやじは呆れた顔をした。

長六は、もう日に一度は狆十郎の顔を見たくてたまらない。

仕事帰りには必ず雷門のほうをまわり、ちんやをのぞくのが日課のようになってしまった。

吉原に惚《ほ》れた女ができて、格子の外からしょっちゅう眺めるようなものである。花魁なんぞは冷たいものだが、狆はやさしい。長六が来ると、千切れるほど尻尾を振って駆け寄って来る。

いままでの人生で、自分がこれほどほかの人間から好かれたことがあっただろうか。

長六は自信を持って「ない」と言える。

格子の中は、また一匹いなくなった。

狆十郎はなかなか売れない。

売れないでいるのは可哀《かわい》そうだが、いざ売れていなくなっていたら寂しくなってしまうだろう。年ごろの娘を持った親の気持ちもこんなようなものなのか。

「狆十郎はなかなか売れないね？」

　長六はおやじに訊いた。

「大きくなっちまったからな。小さいほうがかわいいから、そっちが売れて、こっちはだんだん売れ残るってわけ」

「売れ残りか」

「また、こいつがしくじるんだよ。買いたいって人が来て抱き上げたりすると、ぷぅって屁《へ》をしやがった。その臭いこと。芋でも食ってるのかと疑ってしまうくらいだったぜ」

「はあ」

「息が煮干し臭いとか言われたこともあるし」

「…………」

もしかして、狆十郎が売れずにいるのは自分のせいなのか。

「でも、こういう犬も年末には売れるんだよ」

「どうして？」

「残り物には福があるって買って行く人がいるんだよ。もちろん値段も下げるけどな」

「いくらくらいにするんだい？」

「三両くらいかな」

「三両かぁ」

それでも厳しい。

黄表紙なんかに手を出さなかったら、三両くらいは楽に出せた。だが、店がつぶれなかったら、あの女房がまだ家にいて、

「犬に三両出すくらいなら、あたしの着物を買っとくれ」

なんて言ったに違いない。

それに、自分だって、いまのように犬が飼いたいなどとは思わなかったのではないか。

そんなことをいろいろ考えると、狆十郎と自分がめぐり会ったのも運命のような気がしてくる。

——頑張って稼ぐか。

長六は狆十郎と暮らす日を夢見て、紙屑屋稼業に精を出した。

とはいえ、儲かる商売ではない。毎日、借金と食べる分に消えていき、いっこうに金は貯まらずにいた。

三

くぅうん、くぅうん。

どこからか妙な声がしていた。

「なんだ、あの女房が食いつめて、もどって来やがったのか。そりゃあそうだ。たいした器量でもないのに偉そうにしやがって。飯だけは人の三倍も食って、掃除や洗濯もろくろくしなかったんだ。誰がてめえの面倒なんかみるか」

知らぬふりをしていると、
かりかりっ。

と、腰高障子の下のほうを引っ掻《か》きはじめた。

「ははあ。そこで倒れていやがるのか？　ざまぁみやがれ」

とは言っても、倒れた人間を介抱しないわけにはいかない。

「しょうがねえな。水一杯くらいは飲ませてやるよ」

戸を開けると、なんと足元にいたのは狆十郎ではないか。

「狆十郎！　お前、逃げ出して来たのか？　ちんやがひどいことでもしたのか？　わかった。嫌な客に落籍《ひか》されそうになって逃げて来たんだろ。脂ぎって、てらてらした肌のヒヒ親父《おやじ》に舐められそうになったんだ。かわいそうにな。よしよし。さあ、お上がり。お大名の屋敷や大店の住まいよりはだいぶ狭いけどな。座布団が一枚あるだろ。そこへ座っておくれ」

長六が指差すと、狆十郎はここが自分の居場所だとばかりにちょこんと座った。

その顔としぐさのかわいいこと。

「それにしてもよく、ここがわかったな。犬は鼻が利くっていうけど、あたしの匂いを追いかけてきたのかい？」

長六が訊くと、狆十郎は、

「わん」

そうだと言うように一声吠《ほ》えた。

「水飲め、水」

甕《かめ》から汲《く》んで、皿に入れてやる。

ぴちゃぴちゃ飲むようすがまたかわいくて、じいっと見ていると、

「いま、犬の鳴き声がしてたけど、長六のところかい？」

大家が顔を出した。

「あ、この犬は、どうしたんだい？」

「ええ。家《うち》の同居人というか、同居犬になったんで。よろしく」

「盗んできたんじゃないだろうね」

「違いますよ、前からの知り合いなんだけど、よっぽど前のところで嫌なことがあったんでしょう。遥々《はるばる》訪ねて来てくれたんですよ。それじゃあ、追い返すってわけにはいかないでしょう？」

「そりゃそうだな」

大家の後ろからは隣に住むおたけも顔を出し、

「あら、かわいいねえ」

「おう、触るな」

「どうして触っちゃいけないの？」

「この犬は、大名の妾とか大店のお内儀なんかに飼われる犬なんだ。いわば、犬の若さまだぞ。大家さん、おたけ。頭《ず》が高い。お辞儀だ、お辞儀」

「ははあ」

二人とも頭を下げたが、狆十郎はごろりと横になって腹を見せた。

「なんだよ、偉ぶったりなんかしない、気さくな若さまじゃないか」

「ほんと。かわいいねえ。長六さんが働きに出るあいだは、あたしが面倒見てあげるよ」

狆十郎は人なつっこく、たちまち長屋の人気者になった。

長六も狆十郎にはぞっこんである。

「おれ、もう嫁なんかいらねえよ。おめえがずっとこんなふうにそばにいてくれるんだったらな」

「ああ、やだ。長六さんたら、そんなに狆十郎の顔をべろべろ舐めたりして」

このところ鬱屈していた長六の暮らしに、やっと笑顔がもどったようだったが――。

四

「どうだ、狆十郎。今日もいっぱい紙屑を集めてきたぞ。くしゃくしゃに丸まったやつは、こうして伸ばして、束にして親方のところに持って行くんだ」

「ううう、わんわん」

狆十郎は、長六が伸ばしていた一枚の紙を噛んで引っ張り出し、自分の前に置いてじいっと眺めはじめたではないか。

「おや、どうした？　気に入ったのか、その絵が？　どうせ、二流の絵師が描き損じたやつだろう。そんなに気に入ったなら、掛け軸にして飾ってやろうか？」

「わん」

狆十郎が吠えると、長六の家の戸ががらりと開いた。

立っていたのは、ちんやのあるじである。

「あ、いた！」

「え、誰が？」

「誰がじゃない。狆だよ。うちの狆」

長六は慌てて狆十郎を背中に隠したが、しっかり見られてしまった。

「どうも近ごろ見に来なくなったと思ったら、やっぱりおめえのところに来てたのか。まったく、ちょっと戸を開けた隙に抜け出しやがって。さんざん捜したんだぞ。さあ、こっちに来い！」

ちんやのあるじが手を出すと、狆十郎はのそのそと向かって行くではないか。

「狆十郎、行かないでおくれ」

長六が泣き声になって言った。

「くぅん」

狆十郎も悲しげな声を上げて立ち止まった。

だが、その隙にちんやのあるじはさっと狆十郎を抱き上げて、

「これはうちのものだ」

「お慈悲を」

「そうはいかねえ。こっちもこいつにはいろいろ金がかかってるんだ」

「そこを何とか」

その騒ぎに、長屋の連中もぞろぞろ顔を出した。

「かわいそうじゃないか。すっかりなついてるのに」

おたけが非難の声を上げた。

「そんなこと言われても、これはうちの売り物なんだ。それをこの人が変に懐かせたものだから、ちょっと目を離した隙に、ここまで追っかけてきちまったんだろ」

「売り物なら買えばいいんだろ。犬ころ一匹くらい、長屋の皆で金を出しあえば買えるだろうよ。いくらするんだい？」

おたけが訊いた。

「五両だよ」

「五両？」

これには長屋の皆もたじろいだ。家賃もろくに払えず溜《た》め込んでいるのに、五両なんて金が集まるわけがない。

「そりゃあ、長六さん。無理だよ。諦めなよ」

「ああ」

長六もうなずくしかない。

「じゃあ、狆十郎、達者で暮らせよ」

「くぅーん」

「狆十郎！」

「わん、わーん」

遠吠えが長いこと聞こえていた。


狆十郎がいなくなってからの、長六の寂しさと言ったらない。

仕事を終えて家に帰って来ても、喜んでくれるやつがいない。並んでいっしょに飯を食ってくれるやつがいない。布団の中に入っても、足元は冷たいだけ。

がっかりである。

「しょうがねえよな。もともとあいつは、あたしのところにずっと居られるような犬じゃなかったんだ。版元をしていたころだって、過ぎた贅沢だったんだ。まったく、やんちゃな若さまが遊びに来てくれただけなんだよな。お大名の妾だの、大店のお内儀さんだのにかわいがってもらえ。ううう」

泣きながら目をわきにやると、狆十郎が気に入っていた絵が目に入った。

「そうだ。これを掛け軸にして、あいつに眺めさせてやろうと思ってたんだ」

これを表具師のところに持ち込むと、

「あんた、この絵はどうしたんだい？」

表具師は急に真剣な顔になって訊いた。

「紙屑に混ざっていたんだが、気に入ったやつがいたから掛け軸にしてみようと思ったんだよ」

「価値を知らない人がゴミにしちまったんだね」

「え？」

「ほら、ここに為一《いいっ》とあるだろう。そして、ここに小さく北斎《ほくさい》と入っている。ちゃんと落款《らっかん》も押してある。葛飾《かっしか》北斎の真筆だよ」

「へえ、これが」

「あたしに売ってくれないかい？」

「いくらで？」

「五両でどうだい？　ただし、あたしがよそに売るときは、その倍くらいにさせてもらうよ」

「ご、五両。あたしはそれだけあれば充分だ。あとは、あんたが千両でも二千両でもするがいいや」

五両を受け取り、一目散に雷門近くのちんやに駆けつけた。

「おやじ、まだ狆十郎はいるかい？」

「いるけど、買い手がつきそうだよ。昨日、大名のお妾みたいなのが通りかかって、あら、かわいい、うちの殿ちゃんにおねだりしてみるって言ってたから」

「これ、五両ある」

五両をおやじの手に握らせた。

「本物じゃねえか」

「当たり前だ。さあ、売ってくれるよな」

「あんた、まともなお金なんだろうね？」

おやじは不安げな顔をした。

「もちろんだ。あたしが紙屑として集めてきたなかに、葛飾北斎の真筆が混じっていて、それが五両で売れたんだ。それどころか、その絵ってのは、狆十郎がやけに気に入っていたので、親方のところには届けず、取っておいたものだったのさ。さあ、早く、狆十郎を売ってくれ」

「そりゃあ、もちろんだよ。こっちだって、あんたみたいにかわいがってくれる人に買ってもらったほうが嬉しいからな」

狆十郎はすでに長六が来たのがわかっているから、格子の中で嬉しくて大騒ぎをしている。

「狆十郎！」

「わんわんわん」

他人が見ればなんとも大げさな再会だろうが、当人たちは転げ回って抱き合う始末。

「ほらほら、もう起きて。家に連れてってやんなよ。それにしても狆十郎もたいしたもんだ。北斎の絵がちゃんとわかったんだな」

おやじが感心してそう言うと、長六は笑って言った。

「なあに、そこまで賢くはねえ。狆十郎に毎日食わせていた鰯《いわし》を描いた絵だったんだ」

第八席　田舎化粧

一

〈江戸紅屋《べにや》〉は、芝の田町《たまち》にあって、おしろい、伽羅油《きゃらあぶら》など、かなり高級な化粧品を売っている。開業は寛永《かんえい》年間だからかなりの老舗《しにせ》といっていい。

間口は十二間《けん》。江戸っ子だけでなく、東海道を上る旅人たちがみやげをもとめる店としてもにぎわっていた。

ただし、今日は違う。朝から昼少し前のいままで、近所の娘が一人二人、足りなくなったおしろいを買いに来たくらい。大きな買いものをする客はまだ一人もなく、めずらしく空《す》いている。

番頭と手代《てだい》の万吉《まんきち》が、のれんの陰からカンカン照りの路上を眺めていた。

「人通りもぱったりですね」

「ああ。こうも暑いと、外に出るのや旅立ちもひかえているんだろうな」

「小僧たちに水を撒《ま》かせましょうか？」

「無駄だよ。小僧たちも動きたくないだろうし」

さっきも撒いたのである。だが、あっという間に湿り気すら跡かたもなくなる。

「おや、あっちから来る三人連れの真ん中の男」

番頭がゆらゆらと動く大気の向こうを指差した。

江戸の中心のほうから、のろのろとこっちへ歩いて来る。

江戸見物を終えて、いまから田舎に帰ろうというところだろう。

「ええ、あのよく肥《ふと》った赤ら顔の」

連れの二人は荷物を山ほど背負ったり抱えたりしているが、真ん中の男は手荷物も持たず、日傘を差し、手ぬぐいで汗をふいている。

「吉原《よしわら》で言うところのお大尽《だいじん》てやつ」

「まさに」

「あれは、おそらくいい客だよ」

「あんなのがうちの品物を買いますか？」

手代は疑わしそうに訊《き》いた。

「万吉。お前はまだ小僧から手代になったばかりでわからないかもしれないが、うちの客は自分に似合うものを買う人ばかりとは限らないよ。これは絶対、あなたには似合いません、買っても無駄ですよ、というのを買っていく人もたくさんいるのさ。あの客はそっちの典型だね」

「へえ」

「また、ああいうのはお金も持ってるのさ」

「あんなとぼけたおやじが、そんなに儲《もう》けられますかね」

「ああいうおやじが、ときどき運に恵まれるというのが田舎ってとこなんだよ。それまでたいして獲《と》れなかった浜ににしんの群れが押し寄せたり、まるで売れなかったろうそくが急な品不足でばか売れしたりすると、どーんと金が入ったりするのさ。ところが、田舎者はそれを次の商売なりに運用するってのができない。無駄遣いしてたちまち財産なくすってやつさ」

「いますね。安女郎を大金はたいて身請けしているようなのが」

「そんな没落に手を貸したりすると後味は悪いけど、ま、うちの品物あたりはいくら買ってもらってもすっからかんにはならないだろうから、しこたま買ってもらいたいね」

「ちっとお邪魔するよ」

番頭が予想したとおり、お大尽は陽《ひ》ざしをさえぎっている大きなのれんの中に入ってきた。

「ほらな……はい、いらっしゃいませ」

番頭は手代にうまくやろうぜと目配せすると、満面の笑みを浮かべ、

「お暑うございます」

と、声をかけた。

「ああ、まいったなあ。昨日のうちに旅立っていれば、こんな暑さにはあわずに済んだのだがなあ」

「でも、いまごろは藤沢あたりでこの炎天下でございますよ」

「そうか。それも難儀かな」

「どうぞ、お茶を。万吉、冷たくしたお茶をお持ちしなさい」

「そうだな。おめえらも荷物を下ろして、休ませてもらえや」

「どうぞ、どうぞ。お連れさまも冷たいお茶を召し上がってくださいい」

「荷物が多くてな。江戸に来ちまうと、どうしても荷物が多くなるでや。江戸っちゅうとこはやっぱりええもの、めずらしいものがあるなあ。おらは京大坂のほうにはよく行くだが、いまは江戸のほうが品物は豊富だぎゃ」

「ぷっ。だぎゃときたよ。いったい、どこの田舎だろうな」

と、番頭は万吉に小声で言って、

「そうらしいですね。それにしても、なにをそんなにお買いになりました？」

「みやげだ。いいものがあったよ」

「ほう、そうですか」

「見せようか？」

「ぜひ」

「お前、あれを出してみな。ほら、どんぶり」

と、赤ら顔のお大尽は、使用人らしい連れにいった。

「あ、これでござえますね」

と、連れは桐《きり》の箱を出した。

それを赤ら顔の男が開けると、どんぶりみたいなかたちが見えた途端、あたりは急にきらびやかな明るさに満ちた。

「どうだい、これは？」

「うわっ、まぶしい。これは金じゃないですか」

「うんだ。純金でこしれえたどんぶりだ。こんなやつで飯食ったら、さぞやうまかんべえと思ってな」

「そりゃあ、おいしいでしょう。驚きましたな。金のどんぶりですか」

「あとは、薬もしこたま買ったよ」

「あ、薬も江戸みやげでは人気があるらしいですな」

「これこれ、これは効くらしいよ」

と、赤ら顔のお大尽は紙袋を取り出した。

「どれどれ、虎が吠《ほ》える丸と書いてありますな。なんと読むのでしょうか」

「とら、ほえ、まる、じゃねえの」

「とらほえまる、というのはなさそうですが」

「読みなんかどうでもいい。なんせ、これを飲んで寝ると、夜は虎のようになるっちゅうだで」

「虎のように？」

「そりゃ、あんた、たけり狂ってあばれるんだろ、あっはっは」

「凄《すご》そうですね」

「羊羹《ようかん》だの、佃煮《つくだに》は山ほど買った。あと、浮世絵もな」

「ああ、浮世絵は田舎の人に喜ばれるそうですな」

「そうだな。それと、このきれいな色の真田紐《さなだひも》は、うちに十頭ほどいる牛に買ってやっただよ」

「牛にもみやげを？」

「うんだ。引いて歩くとき、この紐を首に結んだらしゃれてるかなと思ってさ」

「そりゃあ、喜ぶでしょうね」

「牛の喜ぶ顔が見たくてな」

「わたしも目に浮かぶような気がします。牛たちが喜んで牧場をこんなことしながら駆けまわるのが」

番頭は両手を上げて、盆踊りのような恰好《かっこう》をした。

「牛は踊らないよ」

お大尽は真面目《まじめ》な顔で言った。

「あ、失礼しました」

「だども、いちばん大事なみやげは最後に取っといた」

「いちばん大事なみやげ?」

「そりゃあ女房へのみやげだぎゃあ」

「ああ、なるほど。もしかして、金の鍬《くわ》とか鋤《すき》を?」

「馬鹿言うでね。金の鍬や鋤なんかあるもんかい。でえいち、おらは女房に野良仕事なんかさせねえよ」

「そうですか。お幸せな女房どのでございますな」

「うん。早く逢《あ》いてえなあ。ここでしこたま買って、あとは街道を急いでまっすぐもどるだけだで」

お大尽はだらしない顔で、二度三度でへへと笑った。

二

「お客さまのように女房どのを大事に思う人もめずらしいですな」

さあ、いよいよ商談だというように、番頭は顔を引き締めた。

「そうかい？」

「そうですとも」

「ま、二人目の女房ってこともあるからだろうな」

「二人目でしたか」

「これがまたえかく美人でな。うっうっうっ」

と、胸を押さえ、目を白黒しはじめた。

「お客さま。大丈夫ですか」

番頭は慌てて肩を抱くようにした。だが、連れの二人は平然としている。

「大丈夫、大丈夫。いや、女房の顔を思い出すと、喜びを抑えるので息を止めねえとならなくなるのさ」

どうも、こんなことはよくあるらしい。

「なんせ、町でいちばん美人、いやいや、あれだけの美人は江戸を眺めまわしても一人もいなかったな」

「ほう、それは凄いですね。女房どののお名前はなんとおっしゃるので？」

「うん。おらは、たかって呼んでるだよ」

「たかさまは、きれい、かわいいで言うと、どっちのほうですか？」

「うーん。あんた、難しいことを訊くねえ。きれいで、かわいいし、かわいくて、きれいなんだよ。そりゃあ、あんた、煎餅《せんべい》を一枚もらって、表側を舐《な》めてください、裏側には毒を塗ってありますからって言われたみたいだよ」

「凄い喩《たと》えですねえ」

「いやあ、悩むなあ」

お大尽は頭を抱えた。

「あ、いや、そんなに悩まないでください。ただ、なにがみやげにいいのか、考えるよすがになればいいと思っただけですから」

「はあ」

「ああ、そう」

「そうだ。近ごろ入りました南蛮の香水はどうでしょう？　これでしたら、どんな女の方でも喜んでもらえると思います」

「南蛮の香水？　どんな匂いがするんだい？」

「万吉、見本を。はい、こんな匂いでございます」

番頭はお大尽の手首のところにほんの少しすりつけるようにした。

「くんくん。おや、まあ。いい匂いだな」

「ええ。これをお包みしましょう。いくつご入り用で？」

「ちっと待ってけろ」

「なにか？」

「だいたい、おらの新しい女房はいい匂いがするだ」

「なにもつけなくともですか？」

「うん。こう、野山を歩いているときとか、畑のあぜ道を歩くとき、ぷぅんと匂ってくるやつ」

「ああ、肥《こえ》の臭《にお》い？」

「馬鹿言うな。あんなものがいい匂いわけなねえだろ。もっと、こう、雨上がりのふわーっとくる……」

「土の匂い？」

「そうそう。土の匂い」

「というと、土臭いというわけで？」

「うんだ。あんないい匂いが、これで消されちまうのは勿体《もったい》ねえ話だで」

「はあ、そうですね」

「顔につけるものがええなあ」

「するとやはり、お顔の感じがわかったほうが……」

番頭も悩み始めた。

三

「さっきは訊き方が悪かったです。肌の色は白いほうですか、それともよく焼けていらっしゃるほうですか？」

と、番頭は色黒などという言葉は出さないよう、言い方に気をつけながら訊いた。

「それはちっとわかんねえな」

「わからないとおっしゃいますと？」

「真っ白なんだけど、それが本当の肌の色かどうかは削ったことがねえんでな」

「削ったこと？」

「厚ぅく塗りたくってるから、ほんとの肌なんか表面からどれくらい下にあるか、よくわからねえだよ」

「ははあ、たかさまは、厚化しょ……いや、けっこうお洒落《しゃれ》でいらっしゃるんですね？」

「うんだ。なんせ町いちばんだで」

「では、うちの白粉《おしろい》をお使いなさるといいですよ。万吉、その〈白梅の里〉を取っておくれ。はい、これなのでございますが」

と、見本の白粉を番頭は自分の手の甲に塗ってみせた。

「どうです、この白い輝き。本当に光っているようでございましょう」

「ううん、手に塗られてもわからねえな。ほんとの女の顔に塗ってもらえばわかるかもしんねえが」

「ほんとの女ですか？　少々お待ちを。万吉」

「はい、番頭さん」

番頭は手代の万吉の肩を抱くようにして店の隅に行き、

「ここらでいちばん顔のきれいな女といったら誰かな？」

「あ、うちにいますよ。最近、下働きで入ったおさだというのは、皆が振り向くくらいの器量よしです」

「うん、そうだな。ちょっと、あれを連れて来い……お客さま。いま、ほんとの女を連れて来ます。ここらじゃいちばんの器量よしですので、少しはたかさまが塗ったときの参考になるかもしれませんよ」

「そんなに器量よしだったら、そりゃあ参考になるだろう」

「あ、来ました、来ました。おさだ、ほら挨拶なさい」

「はじめてお目にかかります。なにとぞよろしくお願い申し上げます」

「はあ、あんたかい？」

お大尽は落胆したような顔をした。

「じゃあ、おさだはそこに座っておくれ」

番頭はそう言って、おさだにおしろいを塗りたくり始めた。

「どうです。このおしろいは光を吸い取って、肌が輝くようになりますでしょう？」

「うーん」

「いけませんか？」

「ちっと、女の顔がな。口も小さすぎるし、もっときれいな女はいないかい？　うちのたかが目に浮かぶような、いい女は……あれ、いま、そっちの階段を上っていった女はいい女だったねえ」

「二階でございますな。ちょっとお待ちを……万吉。いま二階に行った女というのは？」

「はい。女将《おかみ》さんです」

「いい女だって言うんだが」

「えっ、うちの女将さんは芝界隈《かいわい》でも有名なぶ……いや、べっぴんではないと評判で」

「だが、そうおっしゃるんだ」

「ははあ。ちょっと美しいものを見るものさしが壊れている……そういう男っていますよ」

「あ、いるいる。それだ。とにかく、まず、女将さんを連れてきてくれ。下で見かけたお客さんが、女将さんみたいなきれいな人でおしろいを試したいと言っているって」

「わかりました」

「ただいま、まいりますので」

そこへ、女将がいそいそとやって来た。

「いらっしゃいませ。ここの女将でございます」

「こらまた、えかく美人がいたもんだなあ」

「あら、嬉《うれ》しいこと」

「うちのがまた、女将さんにまさるとも劣らない美人だぎゃ。ちっとおしろいを試してもらえねえもんかい？」

「お安い御用ですよ」

女将は嬉しそうにおしろいを塗り始めたが、

「うーん。おしろいはやっぱり、うちのたかが使ってるやつのほうが似合うかもしれねえ。それより、女将さんがつけているその口紅はきれいな色だな」

「あら、お目が高い。これは最上の七色紅といって、極上の品でございますよ。もちろん、値は張りますが、ねえ、番頭、あるわよね？」

番頭に声をかけた。

「はい。もちろん、ございます。いま、お持ちします。さ、どうぞ」

「これかい。ああ、箱も立派だぎゃ。これならみやげにしても喜ぶがな」

「ええ。おいくつ包みましょう？」

「そうだな、三つばかり……なあ、番頭さん。やっぱり紅なんか、そうは使うもんじゃねえかな？」

「ところが、意外に減りは早いものでしてね」

「そうかな」

「それに、そのたかさまはお口が大きいのでございましょう？」

「うん。大きいというか、ぷっくりしてるかな。ああ、思い出すと舐めたくなる」

「それでしたら、たちまちですよ」

「そうかい。それに口だけでなく、他のところにも塗ったりするしな」

「他のところ？」

「うんにゃ。ほら、なんつうか、乳のぽっちに」

「え？　そんなところにも塗るのでございますか」

「あら、あんた、女房にやらない？」

「それはさせたこと、ありませんねえ」

番頭は笑いを嚙《か》み殺しながら言った。

「女将さんもしない？」

「あたくしも、それはちょっと」

「かわいいもんだよ。ここにいちごが二つ生えたみたいになってな。遠くからでも、そのいちごめざして飛びついていきたくなるくれえだ」

「そうでしたか」

「あ、そうだ。他にも塗るしな」

「まだ別の使い途《みち》がありますか」

「うんにゃ。へそにもな」

「へそにも？　なんだってまた？」

「いやあ、これはちっとこっぱずかしいんだがな。うちのたかが万が一、浮気をしようとしたとき、へそに塗っておくと、男がもっと下のほうのと間違えやしねえかと。すると、危機は防げるというか、守れるというか」

「………」

一同は声を失《な》くし、女将は「あとはよろしく」と、二階に上がって行った。

「すると、それだけで三倍も入り用ということになりますな」

番頭は気を取り直して訊いた。

「そうだな」

お大尽がうなずくと、手代の万吉がちょっと離れたところに立ち、

「番頭さん」

と、手招きした。

「なんだ、万吉？」

「最上の七色紅はいま品薄になっていて、日本橋《にほんばし》あたりじゃずいぶん高値になっているという話を聞きましたよ」

「そんな話、あたしは聞いてないな。それにあれは高いからなかなか売れるものじゃない。この際だから、売れるだけ売ってしまおう」

「わかりました」

番頭はお大尽のところにもどり、

「では、三倍で、数月分《すうつき》とすると、六、七箱ほどになりますが？」

と、訊いた。

「あっ」

「どうなさいました？」

「女房にだけ買ったとか知れると、まずいことになるかもな」

「まずいこと？」

「他の女が騒ぐかもしれねえ」

「えっ、お妾《めかけ》もいらっしゃるので」

「馬鹿言うでね。おらは女房にべた惚《ほ》れだ。妾なんかいるもんかね。姉だの妹だの、叔母だの、姪《めい》だのだよ」

「ああ、なるほど。たくさんいらっしゃるので？」

「うん。家の近所にざっと三十人ほどはいるかな」

「三十人もですか?　では、合わせて四十ほどもあれば?　はい、わかりました。もちろん大丈夫……?」

と、万吉に目で訊《たず》ね、

「はい。大丈夫でございます」

ありったけの箱を並べた。

小さな箱でも四十箱となればけっこうな重さである。連れの男たちは、これも運ぶのかと思ってうんざりしている。番頭はこの男たちの肩を叩《たた》いて、励ましてやりたくなった。

四

「売るほど買っちまったかな」

「どうぞ、お売りになってくださいい。よく売れますよ」

「うん、じゃあ、またな」

三人は炎天下へと出て行った。

「うまくいったな。それにしても、面白い客だったよ」

と、番頭は嬉しそうに腹をよじった。

「すごいですね、番頭さん。ほぼ三日分の売り上げを一人で買ってくれましたよ。日照りがあと二日つづいても大丈夫ですね」

「まったくだ」

そこへ、いまのお大尽とすれ違うようにして、別の客が入ってきた。

「はい。いらっしゃいませ」

「いま、そこですれ違ったのは、遠州《えんしゅう》浜松城下の大商人、ことぶき屋金右衛門《きんえもん》さんですよね？」

「ことぶき屋？」

番頭は記憶の糸をたぐった。今年の頭くらいだったか、どこかで聞いたことがある。

「ほら。吉原の高尾太夫《たかおだゆう》を身請けして嫁にしたという」

「え。まさか」

「いや、間違いありませんよ」

「じゃあ、町いちばんの美人でたかというのは、高尾太夫……驚いたねえ」

番頭が呆然《ぼうぜん》となっていると、

「番頭さん。あの最上の七色紅」

手代の万吉が顔をしかめた。

「あっ、しこたま買って帰ったぞ。うちにはもう一箱もなくなってしまった」

「それって、まさか」

「買い占めか……」

番頭と手代の万吉は、愕然《がくぜん》と顔を見合わせた。


「旦那さま。今日もうまくいきましたですな」

ことぶき屋の手代の片割れが、歩きながら金右衛門に言った。

「まったく、江戸者をだますのは面白いでな」

金右衛門は機嫌よさそうに何度もうなずいた。

「だんだんと旦那さまを馬鹿にしていくのが、顔を見てるとよぉくわかりますだ。旦那さまの女を見る目がちょっとおかしいと思ったときの、あの嬉しそうな顔といったらなかったですね」

「うんだな。だども、うちの高尾を見てたら、あれくらいの女はしこめに見えてしまうで。あそこの女将さんくらい悪いと、逆に愛嬌《あいきょう》が出てくるもんだ」

「なるほど」

「たしかに」

手代の二人は大口を開いて笑った。

「京大坂でも最上の七色紅は不足してるし、これは名古屋の出店《でみせ》に届けて、三倍ほどで売らせよう」

「はい、そういたします」

「まあ、うちの店の儲けからしたらどうでもいいはした金だけど、こういう細かい商いは勘を鈍らせねえためにも大事なんだよ」

金右衛門は、さきほどとはだいぶ違うしたたかな大商人の顔になって言った。

「はい、いつも旅先ではいい勉強させてもらっています」

手代の片割れがそう言うと、もう一人も満足げにうなずいた。

「女将さん。たいへんです」

江戸紅屋の番頭と手代が二階に駆け上がった。

「どうしたんだい、そんなにあわてて？」

「さっきの、あの田舎者。とんでもない嘘つきでした」

「どこが嘘つきなんだい？」

「女将さんのことを美人だのなんだのって」

「それが嘘つきなのかい？」

「あ、いや」

「見る目があるじゃないか。あれはただの田舎のお大尽じゃないかもしれないよ」

「そ、そうなんです。あのお大尽、じつは遠州浜松のことぶき屋金右衛門という大商人だったのです」

番頭は悔しそうに言った。

「あら、そう」

「しかも、ことぶき屋は、とにかく日本橋でも足りなくなっているという紅を、ぜんぶ買い占めていったのです。申し訳ありません」

「紅って、あの最上の七色紅？」

「はい、あの極上の品です」

「ああ、あれ、ぜんぶ買ってくれてありがたかったね」

「そうじゃないんで、女将さん」

情けなさそうに肩をすくめている番頭に、女将はのんびりした調子で言った。

「いいんだよ。あれは去年のちっと古くなった紅で、ほんの少しだけ色が悪くなっていたのさ。今年のいい紅は、ここの簞笥《たんす》にたんと取ってあるよ」

第九席　品川騒動

一

長屋の路地のところで盆栽に水をやっていた大家の安兵衛《やすべえ》に、

「大家さん。そろそろ、しおし狩りの季節だね」

と、熊吉が気持ちよさそうな顔で言った。

大家の安兵衛は、じょうろを傾けていたのを下に置いてから、あらたまった顔で訊《き》き返した。

「熊さん。いま、なんて言った？」

「え？　そろそろしおし狩りの季節だねと」

季節は初夏。風通しがいいとは決して言えないこの深川佐賀町の安兵衛長屋にも、このところ気持ちのいい風が吹き渡っている。

もしかしたら、一年でいちばんいい季節かもしれない。

「それは、しおし狩りじゃないだろ。潮干《しおひ》狩り。潮が干上がったときにする狩りだから、潮干狩り」

「あ、潮がしあがったときにするから、しおし狩りじゃないんですか？」

「ううむ。なんだかわからなくなってきたから、まあいいや」

潮干狩りの季節であることに間違いはないのである。安兵衛だって、細かいことを言って店子《たなこ》が季節を楽しむ心を踏みにじる気持ちはない。

「去年も行きましたよね。長屋の皆で潮干狩りに」

「ああ、行ったな」

「今年も行きましょうよ」

「ううん。どうしようかねえ」

大家の安兵衛は、ちょっとためらうような顔をした。

「あれ、乗り気じゃないみたいですね」

「だって、去年みたいな騒ぎになると嫌じゃないか」

「騒ぎ、ありましたっけ？」

「ほら、八っつぁんがさ」

「ああ、思い出した。あの馬鹿野郎が、酔っ払って沖の漁師にいちゃもんをつけ、陸地と沖の舟のあいだで大喧嘩《おおげんか》をはじめやがったんでしたね」

「そうだよ」

「あげくは殴ってやると沖に向かったはいいが、野郎、途中で溺《おぼ》れて死にそこなったんでしたっけね」

「だろう。あんな騒ぎがまた起きると思ったら、二の足を踏んでしまうよ。たしかに、潮干狩りというのは楽しい遊びなんだがねえ」

「そうだ。今年は八の野郎は置いていきましょうよ。ないしょにして」

　熊吉は声をひそめるようにして言った。

「そういうわけにはいかないよ。同じ長屋に住んでいて、一人だけ誘わないなんてのはいけませんよ」

　安兵衛はなんのかんのうるさいことは言っても、店子の一人ひとりをかわいがっているのだ。

「そういえば、八もひどかったけど、留の女房のお花《はな》もひどかったですよね」

大工の留五郎には、去年の正月にもらった女房がいる。

愛想のいい、かわいらしい女房で、留五郎には勿体《もったい》ないと評判である。

「お花ちゃんが？　そうだっけ？」

「ええ。浜辺で獲《と》った貝を鍋にして、みんなで食べようというとき、お花が料理はまかせてというから、まかせたじゃないですか」

「あ、そうだったな」

「それで、お花は鍋をつくるのに近所から水をもらってくるのが面倒だから、海の水を使いやがったんですよ」

「うんうん」

「ただでさえしょっぱいのに、そこへ味噌を入れやがったもんだから、貝だか梅干しだかわからないくらいしょっぱい食いものができちまった。一粒食おうものなら、飯が進むのなんのって。あっしは、あのときの貝を壺《つぼ》に入れて取ってあって、いまだに梅干しがわりに食べているくらいで」

「お花もひどかったがご浪人の尾形清十郎さんもひどかったですね」

「そりゃ凄《すご》いね」

「尾形さんもひどかったねえ」

と、大家の安兵衛は小声で言った。

いくら刀は竹光《たけみつ》で、剣術の腕もぜんぜんなってないとわかっていても、やはりお侍には遠慮がある。

「だって、尾形さんときたら、皆が貝を獲っているというのに、すぐ近くの沖でふんどしの洗濯を始めちまうんですから」

「そうだったよな」

「なんでわざわざこんなとこでふんどしの洗濯なんかするんですかって訊いたら、こんなきれいなところに来ると、汚いものを身につけているのが嫌になったって」

「嫌になるのはこっちだよな」

「ほかの人も汚いからやめてくれというのも聞かず、すっかり洗いあげちまって」

「また、あの人のふんどしが長いんだよな」

「ええ。ふつう、六尺ふんどしとか言いますよね。尾形さんのは計ってみたら二十尺もありましたよ」

「わざわざ計ったのかい」

「なんでまた、こんなに長いんですかと訊いたら、腹巻きとふんどしの両方を兼ねているんですって」

「変わった人だからな、尾形さんも」

「尾形さんのほうこそ誘うのやめましょうよ」

「だから、熊さん、それは駄目だって」

「でも、また、騒ぎになりますよ。あっしと大家さんと二人で行きましょうか？　手ぇつないで」

「嫌だよ。男二人で潮干狩りなんざしたくないよ」

「あっしだって嫌ですよ。どうしようかな。皆は行く気満々ですからね」

「そうなのかい。それじゃあ、しょうがない。明日も天気はよさそうだから、潮干狩りに出かけるとしようか」

「そうしましょう」

と、いちおう行くことは決まった。

二

「それで、どこに行きます？　去年はどこに行きましたっけ？」

熊吉は勢いよく訊いた。

「そりゃあ潮干狩りとくれば、品川の浜だろうな」

「品川？　品川は遠いですよ。せめて目黒あたりで」

「目黒って、目黒に海はないよ、熊さん」

「あれ、なかったですか？　おかしいなあ。目黒のさんまはうまいって話を聞いたことがあるんですが」

「そりゃ、熊さん、馬鹿な殿さまの話だろ。さんまは目黒に限るっていう」

「あ、そうだ」

「殿さまより馬鹿になってどうするんだい」

さすがに大家は声を低めて言った。

「そりゃ、まずいですね」

「だいたい、深川から目黒に行くのと品川に行くのとではたいして変わらないよ」

「それにしても品川は遠いですよ。東海道の宿場ですよ、あそこは。旅に出るようなもんだ。どうです、そこらの掘割《ほりわり》にみんなで入ってしじみを獲るってのは？　深川の堀はけっこうしじみが獲れますよ」

「いい大人が掘割でしじみを獲れるかい。あれは子どもの小遣い稼ぎのため、取っといてやるもんだよ」

じっさいそうなのだ。近所の川や掘割で子どもがしじみを獲り、近所に売って回る。江戸の子どもたちはそうやって大人の道を歩きはじめる。

「そうですよね。子どもの小遣い稼ぎを奪ってちゃしょうがねえな、大家さんも」

「熊さんが言ったんじゃないか」

「あ、そうだ。いいこと考えた」

「熊さんがかい？」

大家の安兵衛は、まるで当てにしてないというように笑った。

「あっしの友だちにタケゾウって名の船頭がいるんですがね。そいつに舟を出させて、それで品川の海まで行きましょうよ。帰りは帰りでつぅーっとそれで帰ってくる。そうだ、舟で行きましょう」

「舟で行きましょうって、長屋の者が皆で乗れるような舟を丸一日借りきったら、どんだけかかると思ってるんだい？」

「どんだけかかります？」

「三百両ほど」

「そんなに」

「いや、それは冗談として、細かい値段はあたしだってわからないが、そんな贅沢《ぜいたく》な遊びはできないよ」

「いいんですよ、金なんざ」

「よくはないよ」

「いやね、そいつは友だちがあっし以外には一人もいないようなやつでね、よく、天気のいい日に大勢の友だちと、海だの山だのに出かけたら、どんなに楽しいだろうとか言ってるようなやつなんです」

「寂しい男なんだね」

「寂しい男なんです。船頭をしていて、二人づれの客が乗ると、わざと舟を揺さぶって落っことしたりするような、寂しい男なんです」

「危ないな、おい」

「だから、そいつの夢をかなえてやるような話なんでさあ」

「ふうん。でも、その人はなんで、そんなに友だちができないんだい？」

と、大家は不安げに訊いた。

友だちがいないというのはちょっと気になる。なにか、秘密があるのに違いない。

「なんででしょうね。皆、ちょっと知り合うと、タケゾウは怖いって言うんですよ」

「え？　なにが怖いんだい？　なんか嫌だなあ」

「どうってことはないんです。ただ自分は宮本武蔵《みやもとむさし》なんだって、思い込んでしまったんです」

「宮本武蔵と思い込んだ……」

それはたしかに、友だちにはなりたくないかもしれない。

「なんでも、武蔵って字はタケゾウって書くらしいですね」

「ああ、そうだね」

「それだけのことで思い込んでしまったくらいですから、馬鹿なやつなんです」

「たしかに怖いかも」

「ところで、宮本武蔵って誰でしたっけ？　共産党の書記長？」

「違うよ。剣術使いだよ。伝説の剣豪だよ。まさか、そのタケゾウも刀を振り回したりするんじゃないだろうね」

「そんなことしませんよ。刀なんか持っていねえし、おとなしいやつなんですから」

「そんなおとなしい男が、自分を宮本武蔵だと思い込んでいるのかい？」

「すっかり思い込んでいるんです」

「でも、宮本武蔵が船頭をしているってことに疑問を感じたりはしないのかい？」

「それはだって、世を忍ぶ仮の姿だから」

「はあ。仮の姿なんだ」

「有名な剣豪ともなると、やたらに自分の正体は明かせないらしいですよ。無益な殺《せっ》生《しょう》をしなくちゃなりませんからね」

「ぜったいに刀を振り回したり、物騒なことはしないかい？」

「それはぜったいにありません。あっしが、この首をかけて保証します」

「そうかい。じゃあ、熊さんがそんなに言うなら、そのタケゾウさんに頼んでみてもらおうか」

「そうしましょう。これで、楽して品川に行けますね」

熊吉が嬉《うれ》しそうにしているのを見ながら、大家は心配そうに言った。

「うーん。八公だの、尾形さんだの、ただでさえ訳のわからない人たちなのに、宮本武蔵なんか加わって大丈夫なんだろうね」

三

次の日の朝早く――。

深川の油堀のところにぞろぞろと集まってきた安兵衛長屋の連中十人ほどが、待っていた猪牙舟《ちょきぶね》に乗り込んだ。

「おい、熊さん。大丈夫かい？　この舟にこんなに乗っちゃってさ」

大家は、今日の世話役を買って出た熊吉に訊いた。

「なあに、大丈夫でしょう。万が一、ひっくり返ったとしても、いまどきは水もぬるいですから」

「おいおい、冗談じゃないよ」

大家は恐る恐る船尾のほうに座った。

「尾形さま。そうやって偉そうにあぐらかくのは勘弁してくださいよ。狭いんですから、譲り合ってね。この世でいちばん大切なのは、譲り合いの気持ちでしょ。そうそう、荷物は膝の上に載せてね。いったい、なにをそんなに荷物持ってきたんですか？　傘張りの道具！　勘弁してくださいよ。潮干狩りに行く舟の中でまで傘張りしなくてもいいじゃないですか。え？　今日もやらないと納期に間に合わないって？　やだなあ、貧乏浪人は」

熊吉はなかなか指示が細かい。

「ほらほら、八公も。おめえは、あぐらなんかかける身分か？　おめえなんざ、ちっちゃな木箱に入って、身をくねらせているのがぴったりという身分だぞ」

「おれは釣りの餌かよ」

「そう。もっとぎゅっと肩をすぼめて。もっとすぼめて。広げた扇子《せんす》をすぼめるように」

「できるか、そんなこと」

「だったら、立って」

「立つのかよ。舟が揺れたらあぶねえだろうが」

「だから、倒れないように尾形さまのちょんまげを摑《つか》んで」

八公は言われるままに尾形清十郎の髷《まげ》を摑むと、

「おいおい、ほんとに摑むやつがあるか」

さすがの尾形も立腹した。

「与太郎は縁《へり》のところに座って。そう、そうやって足を水に入れて。ぱしゃぱしゃさせてもいいから、できるだけ身体《からだ》が舟の中にいないようにするんだぜ」

「まったく、おいら、こんな窮屈な思いをするくらいなら、歩いて行ってもいいんだけどなあ」

「一人で行けるなら行ってもいいんだぜ。おめえ、この前、浅草に行くって言って出て、浜松で補導されただろ？」

「あ、そうだった。わかった。我慢するよ」

「おーい、皆、乗ったかい？」

熊吉は、皆を見回して訊いた。

「どうにかな。それにしても、これは窮屈過ぎないか？」

立ったままの留五郎が文句を言った。

「いいんだよ。七福神が友だち三人連れてきた宝船だと思えば」

「たいした宝船だぜ」

なんて、動き出す前から大騒ぎ。

さあ、出発という段になって、

「皆さん、どうも。わたしが船頭の宮本武蔵です」

と、タケゾウが挨拶をした。

「ぷっ、宮本武蔵だってやがる」

留五郎は思わず噴いた。

「留、笑っちゃ駄目だって言ってるだろ」

熊吉が慌てて注意した。

今朝、出てくる前に、長屋の連中には船頭のタケゾウの性癖について、ちゃんと説明しておいたのである。

名前が似ているため、自分は宮本武蔵だと思い込んでしまっている。とくにお世辞を言ったりするような必要はないが、武蔵だと言っても、はい、そうですねと軽く聞き流してやってもらいたい。それだけ目をつぶれば、ただで深川と品川を舟で往復できるのだから——と。

「あ、すまねえ。うっかりしちまったぜ」

留五郎は頭をかいた。

「皆も、くれぐれも気をつけておくれよ。武蔵なんだと認めてあげてる分にはいいやつなんだから」

舟を漕《こ》ぎはじめたタケゾウを見ながら、熊吉はあらためて皆に言った。

「熊さん。認めている分にはいいやつってどういう意味だい？」

大家はその言い方が気になって訊いた。昨日の話とは、微妙に言い方が違っている。

「いえね、違うって言い聞かせようとしたら、それはやっぱり怒りますよ」

「なんか嫌だなあ」

大家はなんとなく嫌な予感がする。

四

なるほど舟を使えば、深川から品川まではたちまち着いてしまう。

「うおっ、海だよ。やっぱり、海はこんなふうに広々していないと駄目だよな。深川の海は目の前に石川島があったりして、なんか海って感じがしねえんだよ」

ずっと立ったままで来た八公が、大きく伸びをしながら言った。

「駄目だよ、また海に飛び込んだりしては。あんた、泳げないんだから」

大家は心配になって言った。

「そうだよな。おれ、泳げないのに、海見ると飛び込みたくなっちまうんだ。はい、気をつけます」

八公も酒が入らなければ、素直な性格なのである。

「あのあたりが潮干狩りの浜だ。大家さん、ずいぶん人が出てますねえ」

熊吉が浜辺をざっと眺めて言った。

「まだ潮が引いてないから、狭いところにごちゃごちゃ集まっているんだよ。そのうちずうっと潮が引けるから、人も散らばってしまうよ」

大家はのんびりした口ぶりで言った。

品川の海は遠浅で知られる。大潮で潮が引ききったときなどは、こんな沖までと驚くほどに浜が広がるのだ。

「ひさしぶりで、潮干狩りのやり方なんざ忘れちまったよ。大家さん、どうやるんでしたっけ？」

「潮がどんどん引いていくと、それまで泳いでいた貝たちが慌てて砂の中にもぐり込むんだよ。それで貝がいそうなところを掘って、つかみ出すってわけ」

「へえ、貝ってもぐるんだ。もぐらの仲間なんですね」

「もぐらの仲間じゃないだろうがな」

大家は苦笑するしかない。

「熊さん。そこの岩場に船を着けましょう。そのうち、ここらも潮が引いてしまいますから」

タケゾウはそう言って、岩場に船を寄せた。

なるほど潮はどんどん引いて、たちまちここも陸つづきになった。

「さあ、始めよう」

「よし、いっぱい獲るぞ」

安兵衛長屋の面々も、張り切って砂浜に飛び出した。

「お、いたよ。貝が」

「こっちも獲れたよ」

「面白いねえ、潮干狩りってえのは」

「宝探しだね」

皆、ご機嫌である。

そんなようすを見ると、大家も連れてきた甲斐《かい》がある。昨晩《ゆうべ》はろくろく寝ないで、酒を調達したり、七輪だの盥《たらい》だのを準備しておいたのも大家の安兵衛なのである。

「ねえ、大家さん。貝だけじゃなく、いろんなものがこうやって砂の中で育ってくれないもんですかね」

熊吉は砂を掘りながら言った。

「いろんなものがかい？」

「ええ。米だの、野菜だの。銭なんかもこうやって育ってくれたらいいでしょうね。

なくなったら、こうやって砂を掘れば、いくらでも獲れるんです」

「そりゃあいいわな」

「そうなったら、あっしは働かずに、毎日、砂掘って暮らしますよ。なんだったら、砂の中で暮らしたっていいんだ。どうせ地面の上にいたって、たいしていいことがあるわけじゃないし。毎日、親方には怒鳴られ、女にはもてないし……」

「熊さん。砂掘りながら泣くのはやめとくれよ」


大家が熊吉をなぐさめるその後ろでは――。

「あれ、寅公《とらこう》。おめえ、手桶《ておけ》に入ってるの、ハマグリばっかりじゃねえか」

「そうだよ。馬さんはなんだい、アサリばっかりだな」

「そうなんだよ。さっきから、掘っても出てくるのはアサリばっかりなんだ。いいなあ、ハマグリ。アサリ三つとハマグリ一つと交換してくれよ」

「嫌だよ。ハマグリのうまさはアサリなんかと比べものにならねえんだから」

「ケチなこと言うなよ。じゃあ、アサリ五つとハマグリ一つ」

「嫌なこった。ハマグリはさっと茹《ゆ》でたやつに煮つめを塗って、寿司ネタにしても最高なんだ。ああ、たまらねえなあ」

「この野郎、けちけちしやがって。あれ、砂の中から変なものが出てきた。あ、小判じゃねえか。驚いたねえ」

馬蔵の手で、本当に小判がきらきら光っている。

「いいなあ、小判。よお、馬さん。ハマグリ五つと、小判一枚と交換してくれよ」

「嫌だよ。小判のうまさはハマグリなんぞと比べものにならねえ。軽く炙《あぶ》って、酢《す》醤油《じょうゆ》をつけて食ったりしたら、歯ごたえはたまらねえ」

「悔しいなあ」

なんて、お互いで羨《うらや》ましがったり。

留五郎がやって来ると、尾形清十郎が貝獲りを中途半端にして、砂浜に棒で字を書いていた。

「あれ、尾形さま。砂浜に字なんか書いてどうしたんですか？」

「うむ。わしは、砂浜を見ると、恋文を書きたくなるんだ」

と、妙に切なそうな顔で尾形は言った。

「でも、砂に字なんか書いたって、すぐ波で消えちまうじゃないですか」

「それがいいんだろうが。はかなく消えた恋そのものではないか」

「へえ。いったい、どこの女が尾形さまの胸を射とめたんですかい？」

「それは言えぬな。口が裂けても」

「へえ、よっぽど高貴なお人なんですか？　殿さまのお妾とか？　もしかして、浪人なさったのはそれが理由？」

「いや、わしが浪人したのは単なる使い込み」

「使い込みは色っぽくありませんね」

「なあに、下賤《げせん》な女だよ。だが、わしにとっては天女にもまさる高貴な女だ」

尾形清十郎はそう言って、ため息をついた。

「あれ、そっちのほうに消え残ったところがありますね」

留五郎がそっちに駆け寄ると、

「あ、見るな。こら」

尾形はひどく慌てた。

「え、お花が好き？」

「あ、まずい」

「お花って、もしかしてうちのお花？」

「あ、いや、その」

「勘弁してくださいよ。人の女房にちょっかい出すのは」

「いや、わしはなにもやましいことはしておらぬぞ。嘘ではない。純情な、まるで波打ち際に戯れるみたいな、片思いだったのだ」

「いや、お花にも訊いてみます。おい、お花！」

留五郎はすこし離れているあたりで、貝探しに夢中になっていたお花を呼んだ。

「なんだい、お前さん」

「尾形さまが、砂におめえの名前を書いていて、問い詰めたら、純情な片思いだったって言うんだが、本当か？」

「純情な片思い？　ああ、あのときのこと？」

「なんか、あったのか？」

留五郎は心配そうに訊いた。

「一度、団子を二串ばかり持ってきて、わしはこの先が不安でたまらぬのだ。お花ちゃん、どうだい、わしといっしょになって、死ぬまで面倒を見てもらえないかって」

「団子二串で？」

「それと、わしの男ぶりで」

「どこが純情な片思いなんだよ」

「たはっ、面目ない」

尾形清十郎は今年も大きく株を下げた。

そのうちに、獲ったばかりの貝を料理して、これを肴《さかな》に一杯ということになった。なんのかんの言っても、花見も潮干狩りもこれがいちばんの楽しみなのである。

今日は舟で来たから、料理用の道具や水もそろっている。

お花が去年の失敗を挽回しようと腕をふるったから、ハマグリの網焼きも、アサリの酒蒸しも上手にできあがった。

獲れたての貝のうまいこと。これぞ江戸前のごちそうである。

酒が進み、皆、だんだんいい心持ちになってきた。

「やいやい」

八公の口調が怪しくなってきた。

「なんか、気に入らねえぞ」

「誰に言ってんだよ、八公」

熊吉がとがめた。

「熊さんになんかなにも言ってねえよ」

「長屋の仲間に喧嘩売ったら承知しねえぞ」

「仲間に喧嘩なんか売るもんか」

だいたいが酔って騒ぐやつというのは、ふだんはおとなしい。しかも、酔っ払っていても、ちゃんと相手を見て喧嘩を吹っかけたりしている。

この日も、去年と同じく、沖を行く舟に向かって喧嘩を吹っかけはじめた。ところが、去年は漁師の舟だったが、今年のは相手が悪かった。

八公が怒鳴った先にいたのは、江戸の水上の治安を守るお船手組の舟だった。

「やいやいやい、返事くらいしろ！」

「なんだ、そのほうは？」

「そのほうとはなんだ、そのほうとは。おいらは西でも東でもねえぞ。ちゃんと名前を呼べ」

「そのほうの名など知らぬな」

「教えてやるから、こっちに来い！」

八公は怒鳴りはじめた。

それを見ていたお船手組の武士たちは、

「なんだ、あの者は。こっちに来いと申しておるぞ」

「ふざけやがって」

「無礼者だ。ことごとく斬って捨てるか」

と、怒り出した。

だが、お役人がすべて威張り腐った嫌なやつばかりとは限らない。

なかには、穏やかで寛容な人柄の武士もいたりする。

「まあまあ、そう怒るな。潮干狩りに出てきて、気持ちがいいものだから、飲みすぎてしまったのだろう。笑って見逃したいところだが」

「しかし、あの態度は」

「ここは聞かなかったことにしてやろう。あいつらだって、引っ込みがつかなくなったら可哀《かわい》そうだぞ」

「だが、注意くらいはせねば、われらの面目も立たぬぞ」

「そうか。では、ちょっと舟を寄せてみよう」

お船手組の舟が近づいて来た。

乗っていたのはいかにも強そうな武士が四人。

これには八公ばかりか、長屋の連中も真っ青になった。

「お侍だよ。皆、平あやまりしかないよ」

大家が真っ先に岩場で土下座をした。

「参ったなあ。おいらもてっきり漁師の舟だと思ったんだよ」

と頭を抱えた八公に声をかけたのが、すっかり宮本武蔵になり切った船頭のタケゾウだった。

「ふっふっふ。ここはわしにまかせるがよい」

タケゾウの目は光っている。

「おい、駄目だよ。こんなところに宮本武蔵なんか出て来たら、とんでもないことになるよ」

大家はもう真っ青である。

「止《よ》せ、タケゾウ。ここはあやまってすませるんだから」

熊吉も焦って、タケゾウの袖を引いた。

だが、タケゾウは岩場の上にすっくと立って、

「お役人たち。たかが町人の酔っ払いじゃ。笑って見逃すのが武士の情け。それがならぬというなら、拙者がお相手つかまつろう」

と、睨《にら》みつけた。

「あの野郎、相手をするとぬかしておる。よし、わしにまかせろ。斬り刻んでやるわ」

お船手組のほうでも、血気盛んな武士が腹を立てている。

すると、穏やかそうな武士が、

「まあまあ、ここはわしにまかせて」

と、仲間をなだめ、

「ほほう、どなたかな?」

と、タケゾウに声をかけた。

「わしは宮本武蔵だ」

「おぬしが武蔵か。会いたかったぞ。じつはな、わしは塚原卜伝《つかはらぼくでん》だ」

「え、塚原卜伝！　参りました」

第十席　どすこい寿司

一

両国橋を東に渡ったところに、大きな寿司屋ができていた。間口も四間《けん》ほどあり、看板の文字も大き過ぎて逆に読みにくいくらいである。

屋号は〈どすこい寿司〉。

銀次郎《ぎんじろう》がのれんを分けると、

「へい、いらっしゃい」

板前がちょっとかすれた声で迎えた。

大男である。身の丈は六尺をゆうに超えるだろう。重さは三十貫目《かんめ》（およそ百十キロ）ではきかないはずである。
なかも広々としている。

銀次郎は、調理場のすぐ近くの縁台に座った。

「ここは新しい寿司屋だね。おれは、銀次郎といって、いろいろ寿司のことを書いたりしてる男なんだ」

「というと、まさか、番付もつくっている有名な、寿司馬鹿銀次郎さん？」

男の目に尊敬の色が浮かんだ。

銀次郎はいい気分である。

「ま、世間ではそう言われているみたいだけどね」

「いやあ、光栄です。あの番付に載せてもらえるなんて」

「おいおい、まだ載せると決まったわけじゃない。しかも、おれんとこじゃ、うまい寿司の番付だけじゃなく、まずい寿司の番付や、気持ち悪い寿司の番付もつくってるんだからな」

うまい寿司の番付が売れるのは銀次郎にもわかる。それを見て、うまい寿司を食いたいのだ。だが、まずい寿司や気持ち悪い寿司の番付まで売れる理由はわからない。

もしかしたら、人には他人を蹴落としたいとか、悪口を言いたいという欲求があるのかもしれない。だとすると、人というのは怖いものだという気がする。

「知ってます。あの銀座の有名な土左衛門《どざえもん》寿司、無茶苦茶こき下ろしてましたよね。店構えと値段は超一流だが、味は猫のおやつって」

「おれは世辞が言えないからな」

「お手柔らかにお願いしますよ」

あるじは肩をすぼめて挨拶した。

「いい体格してるけど、もしかして、以前はあれかい？」

と、銀次郎は訊《き》いた。

「なんだと思います？」

「力士だろ？　それしかないだろうよ」

「残念でした」

「違うの？」

「じつは、ただのデブ」

「ええっ」

「両国で肥《ふと》ってる男を見たら、兄貴二人は相撲
「誰だって相撲取りだと思いますよね」

「思うよ」

「違うんです。正式に相撲を取ったことは一度もありません。ただ、兄貴二人は相撲取りです。マグロ山とカツオ川といって、いま、小結《こむすび》と前頭《まえがしら》三枚目にいます」

「ああ、活躍してるじゃないか」

「でも、三男坊のあたしは、ただのデブ」

「そうなんだ。相撲取りになれとは言われなかったの？」

「言われましたよ。でも、あたしは、ああいうのは嫌なんです」

「どういうのだい？」

「人前で裸になって抱き合ったりするのって」

「それ、言い方、違うだろうよ」

「変なふんどしつけて」

「まわしだろ」

「しかも、男同士」

「だから、やれるんじゃないか」

「それに、あの人たちって食べ終えたあと、ちゃんと、ごちそうさまでしたって言えないでしょ」

「ああ、相撲取りはごっつぁんですだからな」

「男のくせに、髪にやたらと匂う油つけるし」

「鬢《びん》つけ油だよ。いい匂いじゃないの」

「人からお金をもらうときは、ありがとうとも言わず、こんな手つきするだけですよ」

「それは、懸賞金の手刀《てがたな》だ」

「親からもらった名前をどぶに捨てて、山だの川だのって名前にして」

「どぶに捨てたわけじゃないぞ」

「とにかく、あたしは相撲取りは嫌なんです」

あるじはきっぱりと言った。

「でも、なってたら強くなったんじゃないの？」

「小結にいる兄貴は、片手で持ち上げましたし、前頭三枚目のほうは小指一本で上手投げでした」

「うわぁ、勿体《もったい》ないねえ」

「なあに、相撲取りはいちばん出世してもたかだか横綱でしょ。寿司屋は大将ですから」

「よっ、大将。ほんとだ」

「それに、寿司屋は歳《とし》取って寝たきりになってもやれますしね」

「寝たきりじゃやれないだろう」

「相撲取りは三十くらいになったらもう引退の声を聞くんですよ。まだ若者と言っていい歳なのに、引退ですよ。引退したら、すぐに年寄。そんな商売をやってみたいですか、旦那？」

「そういうふうに言われたら、なりたくはないわな」

「しかも、それまで肥るだけ肥らせたうえで、頭でがんがんぶつかり稽古とかさせるから、身体《からだ》なんかもうぼろぼろですよ」

「そうかもな。弟は、意外と堅実なんだな」

銀次郎は感心した。

二

「で、なにか握ります？」

と、若いあるじが訊いた。

「そうだよ。あんまり意外な話ばかりで、寿司食いに来たのを忘れるところだったよ。やっぱり手始めはまぐろかな」

銀次郎が注文すると、あるじは調理場の奥のほうに向かって、

「まぐろ、いただきました」

と、言った。すると、

「ひがぁーし、まぐろやまぁー、まぐろやまぁ」

と、扇を持った小柄な男が、あるじの後ろを通り過ぎた。

「なんだい、いまの人は？」

「元呼び出しをしてた人です。あたしが寿司屋を開くに当たって、親方衆が資金を出してやるから、代わりに引退した呼び出しと行司《ぎょうじ》を雇ってくれと言われましてね」

「へえ、行司もいるのかい」

「いますよ。式守《しきもり》いのししといって、元立行司《たてぎょうじ》の」

「式守いのしし！　名行司じゃないの」

「そのうち現われると思います。では、まぐろを握らせていただきます」

あるじは寿司を握る前に、両手を広げたり、土俵入りのときのような手つきをした。

だが、そこからはおなじみの寿司を握るしぐさである。

「へい。まぐろ、お待ちどうさま」

小皿に載ったまぐろが一貫出された。

「おにぎりみたいな寿司になるかと思ったら、ちゃんと小さく握れるんだ？」

「苦労しましたから。手のひら全部を使ったら、おっしゃったようにおにぎりになっちゃうので、中指と薬指だけで握る稽古をしました」

「なるほどね」

と、口に入れると、

「むふっ。う、う、う……」

わさびの量が凄《すさ》まじいほどで、銀次郎は脳天をかき回されたようになった。

「あ、わさび、来ましたか？」

「来たなんてもんじゃないよ。鼻の奥で暴れてるよ。うわっ、ううう……！」

銀次郎は七転八倒した。

「すみませんねえ。なんせ、指が太いでしょ。どうしてもつけ過ぎちゃうんですよ。なんだったら、わさびを小皿に盛りますから、そっちに置いて、好きなだけつけてもらうようにしましょうか？」

「うん。そうしてもらおうかな。でないと、食べ終えるころには、頭に穴でも開いちゃってそうだし」

銀次郎は、やっとわさびの刺激が抜けたらしく、一息ついた。

「次、なにいきましょう？」

と、あるじは訊いた。

「そうだなあ、シンコは入ってるかい？」

「うわぁ、さすがに銀次郎さんですね。そこ、来ますか。ありますよ」

「ええっ？　あるの？」

銀次郎は驚いた。

シンコというのは、出世魚であるコノシロの子どもで、もう少し大きくなったのが寿司ネタとして人気のコハダである。

シンコは夏の一時期だけ獲《と》れ、しかも細工に手間と技が要るため、一流の寿司職人しか扱わない。

だが、いまは冬で、シンコは獲れるわけがない。銀次郎はどうせ若い寿司職人には無理だろうと、からかってみたのである。

「ありますよ。握りますか？」

「まさか、お新香は出さないよな？　お、シンコとか言って」

「あたしはそんなくだらない洒落《しゃれ》でごまかしませんよ。取っておきですが、一貫だけなら握れます」

「じゃあ、くれよ」

「シンコいただきました」

あるじが奥に声をかけ、

「にぃしぃ、シンコ山、シンコ山ぁー」

元呼び出しが通り過ぎた。

あるじが握っている。

コハダは一匹で一貫を握るが、シンコは小さいので、三匹とか四匹で一貫にするのだ。その技にも熟練が要《い》る。

しかも、この季節にどこでシンコを仕入れたのか。

不思議である。

「はい。シンコ、できました」

「嘘《うそ》だろ、おい」

銀次郎が立ち上がって見ようとしたとき、

「おっと、いけねえ」

あるじは皿をひっくり返し、でき上がった寿司も下に落としてしまった。さらに、足をじたばたさせたものだから、

「あ、シンコ踏んじゃった」

と、踏みにじった。

巨体で踏まれたものだから、ぺちゃんこになってしまい、確かめようもない。

「シンコ踏んじゃった？　四股《しこ》踏んじゃったかぁ。そっちの洒落で来たかい。ま、こ

の勝負は引き分けとしようか」

「どうも、すみませんね」

「じゃあ、コハダで我慢するよ」

「わかりました」

と、コハダが出てきた。これは意外にいい味だった。

「ところで、この店には名物はないのかい？」

「名物？」

「名店と呼ばれる店には、たいがいあるもんだぜ、自慢の逸品が」

「そっちの部屋には、餌やり過ぎて、巨大化したウニがいますが、名物と言えば、名物ですかね」

「巨大化したウニ？」

と、銀次郎はあるじが指差した部屋を開けてみた。

だが、ちらっと見た途端、慌てて戸を閉めた。

「嘘だろ、おい。あれ、ほんとにウニか？　これくらいあったぞ」

と、両手をいっぱい広げた。

「でしょう。あたしも食っちまいたいんですが、怖くて触れないんですよ。旦那、ウニ食べたかったら、まず、あれをつぶしてくださいよ」

「いらねえよ、ウニ」

「水槽のタコも餌をやり過ぎちまいましてね」

「なんでそんなに餌をやるんだよ」

「自分が大食いだと、飼ってる生きものにも、どうしても腹いっぱい食わせてやりたくなるんですよ」

「それで、タコに餌やり過ぎて、また巨大化したんだ?」

「いや、巨大化はしなかったんです。ただ、足が八本から十六本に増えて」

「足、増えたのかよ」

「逃げ足が速くなって、逃げられてしまいました」

「しょうがねえなあ」

「じつは、もらったばかりの女房にも、餌をやり過ぎてしまいましてね」

「女房は餌じゃないだろうよ」

「乳の出がやたらとよくなってまして」

「それ、ほんとに女房なのか……」

なんだか薄気味悪い感じがして、銀次郎はその話はあまり突っ込まないことにした。

三

育ち過ぎていないイカを頼み、下ごしらえもきちんとできているのを確かめてから、

「修業はちゃんとしたみたいだな。親方は誰だい？」

と、銀次郎は訊いた。

「あたしの親方は、高砂屋部屋《たかさごや》の親方です」

「高砂屋部屋って相撲部屋じゃないか？」

「ええ。二人の兄貴もそこにいます。高砂屋親方ってのは、元関脇の……」

「馬乃尻《うまのしり》だよな？」

「そうです」

「まるで馬の尻みたいないい尻をしていてな。覚えてるよ。いまから十五年くらい前だったよな。大関羽黒牛《はぐろうし》との優勝決定の一番。おれも回向院《えこういん》の境内で見たよ。惜しか

ったよなあ。うっちゃりで負けたんだけど」

「はい。取組が終わったあと、土俵に馬糞《ばふん》が落ちていたという伝説の一番ですよね」

「そうそう。境内一帯がぷーんと臭《にお》ったくらいだよ。でも、相撲部屋で、寿司職人の修業っておかしくないか？」

「しょうがなかったんですよ。寿司屋じゃどこも弟子にしてくれないんですから」

「なんで？」

「この体格でしょ。ぜったい食いつぶされると思うらしいんです。夜中にそっと起き出して、仕入れておいた魚だの、水につけておいた米だのを食ってしまうに決まってるって。それじゃ泥棒猫でしょうよ」

「そうだよな」

「ま、あたしもそれくらいはするつもりだったんですが」

「なんだよ」

「でも、高砂屋部屋に入ったら、やっぱり無茶苦茶でした」

「やっぱり？」

「親方が、寿司を握る基本も足腰だろうとか言い出して、三月《みつき》の間は股割りと四股踏みだけでした」

「へえ」

「相撲取りみたいな身体になってから、やっと飯を炊かせてもらえるようになりました。飯の量は凄まじいから、これはいい修業になりました」

「でも、相撲部屋だとチャンコ番から始めるんじゃないのかい？」

「ふつうの力士はね。でも、あたしは力士になるのに入ったわけじゃないですから」

「あ、そうか」

「だいたいチャンコつくるのに修業なんか要りませんよ。ダシだって、コンブとかシイタケなんか使いませんよ。人でダシ取るんですから」

「人でダシ？　どういうこと？」

「大きな釜に湯をわかすんです。そこへ、稽古を終えた部屋の力士たちが入って汗を流すわけです」

「おい、まさか？」

「そう。そのまさかですよ。二十人くらい入りますよね。ちょうどいい塩加減になるんですよ」

「ぐぇっ」

「そこへ、ご贔屓筋《ひいきすじ》が差し入れてくれた食いものを、次から次へと入れていくわけです。差し入れですから、材料はいいんですよ。タイのお頭つきだの、虎屋のようかんだの、練馬大根だの、小松菜だの。これをぜんぶ、いっしょに煮るんですから」

「それはまずいよ」

「まずいです。一口すすって思わずもどしたりします。それも……」

と、あるじはかきまぜるしぐさをした。

「うわぁ、それもいっしょなんだ」

「でも、よくしたもので、下っ端の力士なんてのは、何食っても平気っていう食い盛りの丈夫な若者たちでしょ。それをお椀によそって、食うわ、食うわ」

「凄《すご》いね」

「幕内に上がった力士たちは、部屋のチャンコなんか食べません。皆、外にうまいものを食いに行きます」

「ああ、そうらしいね」

「あたしも毎日、寿司屋に連れて行ってもらって、それが修業でした」

「客で行ってかい？」

「客の目線で見ますから、逆に厳しいですよ」

「あ、そうか」

「いい修業をさせてもらいました。相撲界の裏もたっぷりのぞかせてもらったし」

「相撲界の裏って、なんかやだなあ。八百長とか、イジメとかの話は聞きたくないよ」

「そんなもの話すほどのことじゃないですよ。それより、相撲取りは裏に回ると……」

あるじが声を低めると、

「なんだい？」

銀次郎もつい耳を寄せた。

「まわしを外します」

「そりゃ、外すよ」

「すると、その下に、色つきのふんどしをつけているんです」

「色つきのふんどし？」

「紫だったり、桃色だったり」

「へえ」

「こんな細くて、やっと隠せるくらいの」

「そうなの」

「けっこう色っぽいですよ」

「ほんとかよ」

「厠《かわや》に行くときは、それも取ります」

「そりゃそうだろう」

「ところが、厠には悲劇が待っています」

「悲劇が？」

「相撲取りは肥り過ぎてますから、手が尻に届かないんです」

「あ、それ、聞いたことあるよ。前からも後ろからも手が回らないって。それで、入ったばかりの弟子に拭かせるんだよな」

「そんなことやらせたら、それこそイジメですよ。じつは、厠には綱が張ってありましてね。それにひょいと跨《またが》って、こうやって拭くんです」

あるじは腰を前後に動かした。

「綱が？」

「ええ。こう、横にね」

「これが横綱だなんて洒落じゃないだろうね」

「違います。それは色が目立たないように黄色に塗ってあるので、黄綱って呼ばれてます」

「きづな？」

「だから力士は、臭いきずなで結ばれているって」

四

銀次郎が話をしているうち、いつの間にか他の客も入っていた。元呼び出しが、忙しそうに注文を取って回り、それを受けてあるじは次々に寿司を握っていく。その速さもたいしたものである。

見ると、客も相撲取りが多い。

銀次郎がそれを言うと、

「そうなんですよ」

「相撲取りはいっぱい食べてくれるから、売り上げも上がっていいじゃないの」

「ところがねえ」

「なんかあるの？」

「勝ってる力士ばっかりだといいですよ。負けが込んできてる力士なんかに来られると、いろいろと困っちゃいますよ」

「そういうもんかね」

銀次郎がうなずいたとき、ちょうどひときわ大きな男が入って来た。

「え？　あれって、横綱のへび錦《にしき》じゃないの？」

「あ、そうです。しょっちゅう来ますすよ」

「そうなの。おれ、贔屓なんだよ」

「へび錦の？」

「あの、相手の力士にとぐろを巻くようにしてかける絞め技があるよな」

「へび絞めとか、卍固《まんじがた》めとか言われてますよね、決まり手の四十八手には入ってないですけどね。あまりにも相手の力士が苦しいから、禁じ手にしようかという話も出ているそうですよ」

「そうなの。いやあ、禁じ手になんかして欲しくないよな。なあ、大将、おれを横綱に紹介してくれよ」

「紹介？」

「寿司の世界では有名な銀次郎だって」

「紹介するのはいいですが……」

あるじはためらうような顔をした。

「おれ、友だちに自慢したいんだよ。横綱のへび錦といっしょに寿司食ったって」

「でも、へび錦関、昨日負けて、優勝戦線からは脱落しちゃいましたからね」

「何度も優勝してるんだから、いいだろうよ」

「そういうことじゃなく、自棄《やけ》食いするかもしれないんですよ」

「いいじゃないの、別に」

銀次郎はもう有頂天である。

しかも、席をずらし、隣に横綱が座れるくらいの場所をつくった。

あるじも仕方ないといったように、

「へび錦関！」

と、声をかける。

「おう」

「どうぞ、こちらに」

「ん？」

へび錦は怪訝《けげん》そうな顔をしたが、示された銀次郎の隣に座った。

縁台がみしりと音を立てる。

「ひぇえ」

近くで見るとますます大きい。

クジラを目の当《ま》たりにしたみたいである。

「へび錦関。こちらは、寿司の世界では知らない人がいない、寿司馬鹿銀次郎さんです」

「寿司馬鹿？」

「ええ。江戸の寿司屋の番付をつくっているんですよ」

「番付をね」

へび錦は、「へえ」という顔で銀次郎を見た。

「いやあ、光栄です。いっしょに寿司を食えるなんて」

「いっしょに？」

へび錦の目が光った。

「ええ」

「じゃあ、頼むか」

「なにから行くんです？」

銀次郎は興味を持って訊いた。

「まぐろ」

「やっぱりまぐろから来ますか」

「サクで。こちらの方も」

へび錦がそう言うと、

「ひがぁし、まぐろサク、まぐぅろぉサァク」

と、元呼び出しが通り過ぎた。

「サクで？　サクで寿司食うんですか？」

寿司馬鹿銀次郎も、サクで握った寿司は見たことがない。

「今日はそういう気分なんだよ」

「はあ」

あるじが奥のほうで、これは両手を目いっぱい使ってシャリを握っている。

「へい、お待ち」

それが出て来た。

サクに釣り合う飯の量だから、小さめの枕くらいはある。

しかも、銀次郎の分もあるから二貫ある。

「ぎょええ」

銀次郎もこれには魂消《たまげ》た。

「へび錦関、醬油《しょうゆ》は？」

あるじが訊いた。

「通は塩で食べるもんだぜ」

すると、あるじは桝《ます》に入った塩を持って来る。

これをまるで土俵に撒《ま》くみたいに寿司にかけると、ばくばく食い始め、たちまち平らげてしまったではないか。

「さすがですねえ」

銀次郎も真似《まね》してくらいつくが、端のほうをちょっと齧《かじ》るくらいが関の山。

「次はタイをもらおうかな。タイを半身で」

「半身？」

元呼び出しが「タイ半身」の名乗りを告げると、まもなくこれも出てきた。

タイの丸々一匹を半身に下ろしたものをネタに一貫になっている。

「凄いねえ」

銀次郎はまたも目を白黒させる。

そこへ、あるじが来て、

「銀次郎さん。さっき言おうと思ったんですが、力士にいっしょに飯を食おうと誘ったら、払いはすべて引き受けるってことですぜ」

と、耳元で囁《ささや》いた。

「え？」

サクや半身で寿司を握ってもらったら、いったい幾らになるのか。

「次は、タコの足を三本でもらおうか」

「タコの足三本……」

銀次郎は驚いて、食べる気にもなれない。

「銀次郎さん。まだ、まぐろが残ってるよ。食べなきゃ」

へび錦が銀次郎の肩を叩《たた》いた。

「いや、無理、無理」

「食えるよ、これくらい。寿司馬鹿銀次郎なんだろう?」

「なんだか吐き気が……」

「ほら、まだ、残ってるから」

「残しますよ。吐き気がして」

銀次郎が泣きそうな顔でそう言うと、いままで一度も姿を見せなかった元立行司・式守いのししが飛び出して来て、

「吐き気よーい、残った、残った……」

あとがき

わたしの創作の原点は落語だった。

大学のとき、落語研究会に入っていて、そこで新作落語をつくり始めた。そのときつくったものの一つである『忍びの妻』という落語は、このシリーズの一巻に入っている『下げ渡し』の原型ともいえるもので、これが発展して『妻は、くノ一』という長編小説になった。

大学を卒業後、就職せずにフリーのライターになると、ショート・ショートや雑誌のギャグページなどを書き始めた。わたしは笑い話が書きたかったのである。

その傾向は五十年近く経《た》ったいまでも残っていて、小説を書いていても、どこかでふざけた場面とか、素っ頓狂な人間を出したくなってしまう。書くものがほとんど売れないころだが、

「笑いは入れないほうがいい。そういうのを入れるから、あんたの小説は駄目なんだ」

と、編集者に注意されたこともあった。

そんなことを言われても、もともとそこが出発点だから仕方ないではないか。その注意は無視して、笑いの混じった小説を書きつづけるうち、どうにか少しは読んでもらえるようになった。

「そんなに落語がつくりたいなら、噺家《はなしか》になればよかったじゃないか」

と言われることもある。だが、わたしには田舎の訛《なま》りがあるし、図々《ずうずう》しそうに見られるがじつはひどい上がり性で、噺家にはとてもなれっこないのはわかっていた。ただ、裏方に回るようなところで、落語がつくれたらとは、ずっと思ってきた。

じつは、わたしの新作落語を高座にかけてもらったこともある。

落研の友人で噺家になった男がいた。入船亭扇橋《いりふねていせんきょう》師匠の弟子で、三代目入船亭扇《せん》蔵《ぞう》の名前で真打にまでなった。

この扇蔵、根はいいやつだったが、性格にひどく屈折したところがあり、しかも酒癖が悪いため、酔っぱらってわたしのアパートに来られたりすると、下戸《げこ》であるわたしは辟易することもしばしばだった。ただ、わたしの文才については評価してくれていたらしく、何度も新作をつくってくれと頼まれ、『五寸釘』という話を書いて渡した。今回、掲載している『釘三本』の原型になった話である。

わたし自身は高座にかけたものを聞いたことはなかったが、ときどき寄席などで演じていたらしく、「批評家からあの話はなんだ？　と訊《き》かれたぞ」と報告してくれたこともあった。

この扇蔵が元気だったら、わたしのほかの話も高座にかけてくれたのだろうが、学生のころからの飲み過ぎがたたって糖尿病を悪化させ、二十年ほど前に四十七歳の若さで急死してしまった。

生きていたころは、内心「扇蔵は不器用で、下手だなあ」と思っていたのだが、容姿がすっきりしていて、口跡《こうせき》も明確だったから、どこかで大化けしてくれるのではないかと期待する気持ちもあった。

扇蔵が化ける前に亡くなってしまったのも、わたしと噺家とのかぼそい糸が途切れてしまったのも、じつに残念である。

言うまでもないのだが、落語というのは高座で噺家によって演じられて、初めていちおうの完成を見るものである。このシリーズは、「読む落語」という体裁を取ってはいるが、もちろん高座にかけられることを夢見て書いたものばかりである。

そこで、噺家の方たちにお願いなのだが、もしも「これなら、おれが演じれば、そこそこ楽しませられる話になる」とお思いのものがあれば、ぜひ、ネタの一つに加えていただけないものだろうか。

どう、アレンジしていただいても結構である。

サゲを変えてくれても構わない。

もちろん使用料などもいっさい要らないし、挨拶などもまったく必要ない。いくつ使ってくれてもいいし、やはり受けないというなら、捨ててもらえばいい。

ただ、編集部宛てにハガキで、「この話をネタにします」と、ご一報だけしていただければありがたい。もう一つ、もしホール落語などでプログラムに演目を書くときがあれば、「原作」もしくは「原案」としてわたしの名を入れていただけたら、それ以上はなにも望まない。

わたしの生んだ小さな笑い話が、噺家の方たちや客によって揉《も》まれ、育っていくのを願うばかりである。

新作落語をつくり始めたのは、前述したようにわたしにとっては自然ななりゆきだったのだが、もう一つ、いま落語界ではあまりにもネタが少なすぎるのではないか、という思いもあった。

寄席に行くと、高座にかけられる話は、ほとんどが聞いたことのある話である。テレビの落語番組でも同様である。

噺家の演出の違いを楽しむというのはわかるけれど、それにしたって同じネタが多過ぎると思うのだ。

いま、日常的に演じられているネタの数は、おそらく百五十から二百くらいのものではないか。これは、やはり少ない。

しかも、差別の問題があったり、吉原などの風俗が理解されにくかったりして、ネタはどんどん先細りしているのが実情だろう。なにせ、与太郎話ですらはばかられる傾向にあるというではないか。

そうなると、新しいネタをどんどん加えていかないと、この先、まずい状況になるのは明らかだろう。もっとも落語の将来については、当然だが噺家のほうが、わたしなどより危機感を持っていて、何人もの方が面白い新作を世に送り出している。それは、わたしも楽しませてもらっている。

それでも、まだまだ数は足りない気がする。

業界の外の力も取り入れてみてはいかが、とは申し上げたい。

ついでと言ってはなんだが、わたしの好きな落語の傾向も記しておこう。

人情話よりは、断然、滑稽話が好きである。

むしろ、人情話は落語の正統ではない、とさえ思っている。

わたしがなぜ、落語が好きなのかというと、落語の世界は「人間は馬鹿でもいっこうに構わない。むしろ馬鹿のほうが面白い」という、寛容でおおらかな世界だからである。

じっさいの世の中は違う。馬鹿では困るし、少しでも賢くなるよう努力しなければならない。わたしだってそうしてきた。だが、賢くなろうと努力しつづけなければならないのは、大変なのである。疲れるのである。

　そんなときに、「馬鹿でもいいんだ」という世界があるというのは、まことに心が安らぐではないか。寄席を一歩出れば、「馬鹿では困る」世界が待っているとわかっていても、寄席にいるあいだはその寛容さ、おおらかさに浸っていられるのだ。

　ところが、人情話となると、いくらかそこらが違ってくる。

　たとえば、『芝浜』は人情話ファンに絶大な人気があって、わたしの周囲でも「あれは名作だ」と評価する人が多い。

　だが、わたしにはあれが落語の名作とはまったく思えない。なぜなら、あの世界では賢い女房が称賛され、立ち直った魚屋が褒められているからである。そんなのは、そのまま現実であって、落語にしなくても、いくらでも転がっているではないか。

　しかも、話の運びは、「財布を拾った」「でも、それは夢だった」「と思わせて、じつは夢ではなかった」と、あまりにありきたりな成り行きで、滑稽話にあるような話の飛躍はまるでないのである。わたしだったら、『芝浜』のストーリーは、思い浮かんでも落語にはしない。

　とはいえ、『芝浜』を始めとした人情話やそれを好む人を否定するつもりはまったくない。わたし自身、バリエーションを持たせるため、このシリーズでも一冊に一本か二本は、人情話らしきものをつくって入れている。

そもそも日本の口承芸能は、坊さんの説教話の流れも汲《く》んでいるため、どこか説教臭くなるのもやむを得ないところはあるのだろう。

だから、これはあくまでもわたしの好みの問題である。

そこで、好きな古典落語のベストテンを書いてみよう。一位から順にだが、『粗忽《そこつ》長屋』『あくび指南』『品川心中』このベスト3は、ほぼ動かない。あとはときどき入れ替わったりするが、『船徳』『野ざらし』『寝床』『猫の皿』『湯屋番』『酢豆腐』『よかちょろ』といったあたりが入る。なんとか、これらの名作に肩を並べられるものが、一本でもつくれたらというのが願いである。

『大江戸落語百景』というタイトル通り、百席の新作落語をつくるのを目標にしている。

もっと言えば、現代を舞台にした漫才ふうの話を百本、さらに未来を舞台にしたショート・ショートを百本。この三百本で、過去の江戸、現代の東京、未来のＴＯＫＹ

0を笑いでつなぐような世界をつくりたいというのが望みである。

だが、これを完成させるのは、よほどの努力と運が必要だろう。

とりあえず、落語は四十席まで来た。あと六十席をなんとかつくり終えるため、読者のご支援を乞う次第である。

二〇一九年二月

この作品は徳間文庫オリジナル版です。

徳間文庫

大江戸落語百景
いびき女房《にょうぼう》

2019年3月15日 初刷

著者 風《かぜ》野《の》真《ま》知《ち》雄《お》
発行者 平野健一
発行所 株式会社徳間書店
東京都品川区上大崎三—一—一
目黒セントラルスクエア 〒141—8202
電話 編集〇三(五四〇三)四三四九
販売〇四九(二九三)五五二一
振替 〇〇一四〇—〇—四四三九二
印刷
製本 大日本印刷株式会社

ISBN978-4-19-894449-0 (乱丁、落丁本はお取りかえいたします)